寫我的字，
等你的清晨

默雨清晨———— 著

ONE

眼睛

:····:

關於感情

想從你的眼睛裡看見些什麼,
那些不隱微卻也不張揚的閃爍是不是從滿天星辰借來的果敢?
所以獨處的時候,就不會陷入孤寂裡太久。
都說一顆流星的隕落,可以讓結晶的水在劃破天際時重新流動。
如果有一天你的眼角再度濕潤,依然懷揣著失去的日子,
是不是就能重新占有與被占有?

「我要去睡了喔，晚安。」手機螢幕上的訊息在黑暗中格外醒目。

「這是你第一次對我說晚安耶！」隔了半晌才回覆了這幾個字，而心跳
比觸動鍵盤的震動還劇烈。

「那麼以後我天天都對你說晚安。」

若當時沒遇見你，
後來的我們
會不會不一樣呢

若當時沒遇見你，
後來的我們會不會不一樣呢

有些記憶的細節，你以為早已忘卻，卻在回過頭的時刻發現有些場景、有些對白，是多麼清晰地留存於腦海邊緣，哪怕再如何洗刷，也依然停駐在無法波及的地帶，只在回想時鉅細靡遺地浮現。

你還記得雨天的玻璃窗總布滿著雨滴，誰也不知道誰會和誰碰撞，然後在情緒的積攢之後滑落下來。

相遇大抵就是這一類的記憶，如果曾讓一個人深深地住進心裡，那些具有特別意義的日子便就此難以忘懷了。對你而言，雨滴真正的滑落，是你們第一次產生具有實際意義的對白、第一次能夠確信對方的名字、第一次懷有想進一步認識的想法，那使你不自覺地在紊亂的腦海裡清出一個空間，讓某些特別重要的回憶得已被妥貼地存放。

你還清晰地記得第一次相視而笑的時候，嘴角不自覺微揚，那種失序

卻又踏實的感覺，讓情緒與生活的步調逐漸脫離重力，是你從來沒能習慣的事情。可是當那些洶湧翻騰的情緒一再讓你看見日子嶄新的樣貌，哪怕要把部分哭與笑的主宰權交付到別人手上，你還是心甘情願地淪陷了。

他們都笑著說你傻，說那是太危險的事情，於是那成為後來你面對風暴時，唯一不知道要不要後悔的事。隨和的你從來沒有外顯的是其實並不隨和的心。

有太多的事都有著自己的見解，只是你從來不去爭論。曾以為能因此帶著我行我素的驕傲恆常翱翔，以為只要擁有足夠的信念，不論是否會遇到不如意的事，都能面不改色地直行昂揚。可是你沒有料到，因為太過義無反顧地沉溺，所以轉身離開並閉上雙眼之後，得到的是加倍的心如刀割。

因為在遇見以前，緊握的雙手虔誠地捉住太多願望，所以雖然走過當時的撕心裂肺，卻跨不過延宕許久的緊縮心頭。那種遍布在日常的莫名抽痛，如果很不湊巧地在即將入睡的時刻發作，便是一杯大杯熱美式也止不住的眼睛通紅。

時常會這樣想：若當時沒遇見你，後來的我們會不會不一樣呢？哪怕這段記憶已經太過遙遠，也會在偶爾懷念的時刻，忍不住設想不同的結局。

始終覺得兩人的相知相惜是一件難能可貴的事情，要具備多少條件，才能趕上那不快也不慢的時刻，看見你不急不徐地走來；要經過多少次的對談，才能發現我們的共通點；要用多少眼神捕捉，才能把彼此刻入對方的眼眸。

因為所有相遇都太不可思議，也太難能可貴，所以沒能輕易地在灑脫之後高飛遠走。

記得那些躲在被窩裡的夜晚，任在螢幕閃爍的訊息刺目；記得第一次看見你道了聲晚安，哪怕眼睛已經相當乾澀，都在往後成為根深柢固的習慣。那是道在相遇之後才被設下的咒語，往後的所有驕傲都打了折扣，放縱與任性卻日益成為撒嬌的隱性源頭。

後來才得以明白，其實搖搖晃晃的設想並不十分重要，重要的是因緣分機巧，在那一段年歲裡已然遇見。

因為遇見，你得以在人海的潮起潮落裡找到一隅暫時的落腳處，哪怕從此不再有星光，都還能對腳底下的柔軟細沙感到眷戀。終於，你漸漸學會不在情節發生以前做太多的設想，因為所有走落的時間，唯有此刻的緊握能不負記憶的渺遠。

就這樣告訴自己吧，如果還有一場遇見等待揚展，你要自己就只是單純地駐足，相信命運的安排，且看且走，和緩而深刻地迎來不淺不深的更迭。

小任務

淋一場毛毛雨

當光影褪去了本來應該壁壘分明的線條，日子裡的光便漸漸消逝在有些厚重的雲層一角。城市染上了淡淡的灰色調，卻並未因此顯得陰沉。下著毛毛雨的日子是沒能直白地看見陽光，可是周遭依然略微透亮，給人一種隱約柔和的感覺。

總會有某些日子，突然有想要淋雨的衝動，當自己被過於飽滿的情緒擠壓得喘不過氣、想要暫時隔絕周遭的聲

音時，你可以走入雨中，彷彿撞入了來自四面八方的擁抱，撫觸那些沒能輕易訴說的攪擾。

有一種攪擾，是關於過度胡思亂想，在那些要灑脫離去的日子裡，忍不住一再設想是不是可以擁有不同的結局。想像過許多不同版本的故事，卻忘記能夠相遇，就已是最不可思議的事情。

如果不善於未雨綢繆的你被失常的天氣預報捉弄，不妨就不顧一切，走入那樣鋪天蓋地的微涼，任由雨絲冷卻總是高速運轉的腦袋瓜。

有些事情並不適合過度設想，比起不斷產生新的假設，不如在世界安靜的時候，仔細聆聽自己的心臟。

「好好保重。」你在轉身前這麼說。

「你也是。」站在原地許久，直到你的背影再也看不見，卻始終沒有把那句話說出口。

「你一定要比我還幸福。」

從今以後，
我們的喜怒哀樂不再有關連

你說我不夠勇敢，沒能在合適的日子裡果斷地離開，其實我只是希望好聚好散，讓一段關係的開始與結尾都得以圓滿。事實注定讓人無奈，相遇的時刻有太多費盡心思的笨拙與尷尬。而離別大抵太過艱難，儘管反覆練習，卻依然會在那些脆弱的時刻被輕易摧倒，只能從泥濘中抽離一半。

最不公平也最無可奈何的是成為被留在原地的那位。那時眼看著某些徵兆出現，卻始終沒有勇氣做真正的心理準備，大多數的時刻，只是抱持著相同的疑問並反覆掙扎，想找到一個安穩的姿態躲過所有風暴。

不能說是猝不及防，可是到了真正來臨的時刻仍是亂了陣腳。

記得那天夜裡並沒有撕心裂肺的哭喊，只是幾近窒息地把全身捆裹得密不透風，試圖說服自己不要太過陷落。

就像當初在一起的時候，花了些日子才能完整地消化、拆解這個消息。有些事情總需要經過再三地確認，才能理解其中再簡單不過的意義。在觀望他離去的背影的這些時間，意識到其實難以道別的不僅僅是離開的人，他一併帶走的日常更是難以揮別——當不再擁有幼稚的對話、不再能任性地蜷縮在某個懷抱裡、早已習慣脫口而出的晚安無處安放。

後來漸漸能展開幾場無關痛癢的對話，覺得這樣滿好的，可以不全然地消失在彼此的生命裡，但總是沒能拿捏好準確的距離，在感受到突如其來的鋒利之後，才真正意識到自己還不能好好放下的事實。理智上與心理上的接受之間，總有一定程度的落差，因為依然留存著念想、懷有斬不斷的希望。

不知道是不是真的太傻，以為保有一定程度的連繫就是重新修築友誼的見證，可是兜了一個大圈之後才發現，原來只是自己沒能好好道別。其實你的內心再明白不過這個道理，畢竟仍數著離去的日子已過了多久，依然記得某些本應不具意義的日子，沒能出清他所有不合時宜的留下。

還是無法明白究竟要累積多少果敢與毅力，才能擁有足夠的堅定，轉身前行而不回頭，但還是會羨慕先離開的人能如此灑脫，縱使並不如背影看起來那樣堅強，可是總更早一步做足了心理準備、更早停止掙扎、更早決定前往下一個地方。

應該感謝這樣的人吧？當他的離去裡包含了物理與心理意義層面上的離開。起初總覺得過分無情，但後來才終於明白，也許沒有回頭才是真正的善良。反反覆覆地牽扯只會軟化決心，讓離去的旅途更為漫長。於是，他一步一步地抵達了屬於他的遠方，哪怕懷有多少不捨，也必須拖著沉重的步伐，奔赴渺遠的他方。

需要道別這件事從來不是代表著失敗，只是標示了我們陪伴彼此的終點。感激對方走入自己的生命當中、曾經把彼此圈入懷裡，儘管有些給予注定需要交還，但在時光和緩的變化裡，還是能夠逐漸刻畫出另一種不同的姿態。

後來結局得以被完整地寫下，不論後記裡的我們還能否進行對話，都必須先經歷一次好好地道別。以消失在對方生命當中為前提，告別他的習慣、喜好，告別街角巷弄的對話、日常裡的問好。積攢了很多力

氣，才終於鼓起勇氣這樣告訴自己：「從今以後，我們的喜怒哀樂不再有關連，哪怕感到寂寞也不能再用對方的掌心來溫暖自己。」

不要怪罪於你不夠好，因為已經足夠努力，然後記得準備好，變成更好、更好的模樣。

小任務 寫一封不會寄出的信

嘿，好久不見呀！希望你不要太生氣，只是不想要生硬地問候你的近況，也不知道要怎麼面對巧遇時那舉足無措的尷尬，所以在可以微笑以對之前，請原諒我有些無禮地把你當成陌生人了，因為也許只有這樣，才不會有那麼多的牽掛。

其實在擦身而過時，依然會不由自主地留下一抹注視的眼光，不知道是想看看你過得怎麼樣，還是冀望你偷偷地回望，但總之不太指望會有自己期待的解答，索性不刻意設想。

天氣預報準確地預測梅雨季的到來，卻從來沒有播報近

期來臨的食慾不振與失眠週期，而我終於記得準備一把傘放進背包裡，儘管還是沒有因此學會獨自一人吃飯和旅行，也要倔強地在動態裡更新自己很好的消息。

有慢慢地在變好吧？當漸漸不會對不再更新的訊息欄感到失望、不再幻想流星可以成全時光逆流的荒唐。覺得情緒太過飽滿的時候，終於懂得給予自己假期與犒賞，也可以大方承認你在我身上播下的種子，在哪裡發了芽，微風吹揚時哪一處綠蔭會柔軟地發光。

體面的你看起來已經不太在意了吧？可是我還沒準備好再次聽見你的爽朗笑聲，只能在你視線以外的地方用力地降雨、用力地晴朗、用力地讓心臟變得強壯，期待著處心積慮的對峙終有一天可以變成不著邊際的問答。

我的道別很漫長，可是我真的、真的已經在路上了。

「你幹嘛一直握著電話？」

「我怕他想找我找不到啊！」

「你是擔心找不到你的他？還是他會找不到你？」

「……我只是太想他而已。」

即使是相愛的兩個人，
彼此也是各自完整的

即使是相愛的兩個人，
彼此也是各自完整的

想念大概是最為隱微而不張揚的浪漫，是不著痕跡的表達，一種依然存有的懷念、純然想要貼近的嚮往。

那種念頭在某種意義上暫時替代了陪伴，成為呼吸以外，占據你生活裡第二大的部分，一旦意識到時，早已重複了千百回那關於守候、漫長時日的打發與等待遣散的寂寞。

也許潛藏在某一段別具意義的旋律裡，也許夾雜在你寫下的字句中，想念是漫長和緩而相當隱微的，它能以任何一種形式浮現在你的生活中，在內心格外平靜的時候，猝不及防地闖入，而後細密而綿長地延展，直至心底的天色略為改變色調時方能安放。

其實你也不知道是怎麼一回事，彷彿留有一個念頭便能把心連繫到所想抵達的他方，彼此也不一定要橫跨數個時差或是一整座太平洋，有

時候僅相隔十分鐘車程的距離就足以產生念想，不待一回日出日落便思緒縈繞，想要證明對方在你心裡的位置有多麼重要，卻不小心讓它成為了一種綑綁。

親愛的，你知道之所以會想念，是因為這份情感有其珍貴而深刻的地方，可是若要你無時無刻都全神貫注地想，迫切地要讓深愛的他知道，也許會在某些不自覺的時刻造成對方的壓力。於他而言，初時是一種被深愛著的證明，但後來也許就會讓人覺得，是不是因為陪伴你的時間太少，抑或沒能予以足夠的安全感，才會讓你的思緒總緊抓著不放。

你知道，即使是相愛的兩個人，彼此也是各自完整的。所以你要學會獨自生活，完整地與自己相處而不感到寂寞，於是，想念得以不再是一種全天候的必然，學會了克制，才可以在這份情感裡看見更為寬廣的海與天。

有時候，想念源自於對過去的懷想，因曾經發生的快樂與悲傷，都在心底留下無法抹滅的痕跡，於是乘著記憶的碎浪，流連於某些片段的深刻，複習那些令你動心的對白與場景。對你而言，唯有不斷地沉溺

於過去，才能有依然緊握這些經歷過的安全感，所以一不小心，便會陷入排山倒海的情緒裡，久久無法抽離，甚至停止接納新的相遇。

你漸漸發現，對於過去的反覆牽掛，往往是因為仍想改變什麼，卻早已無能為力。和童話故事的後來相距甚遠，哪怕你竭盡所能地嘗試，還是沒能迎來所謂幸福快樂的結局。那些被過度刻畫的勇敢，似乎從來沒有想像中受用，當走到必須道別的岔路口時，想要帥氣地轉身背離，卻發現那並不等同於俐落灑脫，在大多數的時候，沉溺與陷入還是占據了部分的生活。

那時你們在收拾行囊的過程中，誰都沒有開口挽留，可是你們都知道情感的終點，並不歸因於漸漸不再起伏的沉默。很多時候不是不愛了，而是有著太多的無法可解，讓情感不得不凝滯在某個收束的片刻，隨著時間不由分說地散亂在各個角落。

可是親愛的，如果沒能跟那些依然洶湧的情緒告別、沒能跟過去的自己和解，我們又該如何揚帆，為下一次的旅程出航、尋找下一片讓你覺得安心的港灣停靠？當遺憾已發生而無法逆轉，我們終要鬆開那些過於複雜的情感，在沉澱以後學會不激起過於翻騰的浪花。

後來還是懷有部分的念想，任由雜念飄揚到曾經共存的他方，練習與不能平復的種種道別，如果有一天不再擱淺，會不會就得以好好地把你安放？當所想念的已成過往，就讓它僅是懷念，像從來都不張揚的月色般，溫柔地被包覆在觸目所及的地方。

小任務

享用最有溫度的甜點

有時候安放思念最好的方法，就是把它好好地嚥下。

提及有溫度的甜點，第一個從腦海中跳出來的一定是寒冬中的燒仙草，好吃到連進食的過程彷彿都要有個虔誠的儀式。

首先將雙手輕輕地附在紙碗上，小心翼翼地承接那些不應被浪費的熱度，接著豪氣地掀開上頭的塑膠蓋，在蒸氣竄升的同時，把凝結在塑膠蓋上的水珠敲回碗裡，打開一旁的夾鏈袋，把裡頭的花生緩緩地倒出，最後用湯匙攪拌，看那些缺一不可的芋圓、紅豆與花生均勻地散布其中，在黑色的湯體裡若隱若現。

一股溫熱流經喉頭時，胃被填滿的踏實感彷彿是具體化

的安心，燒仙草的獨到之處在於即使它的氣味清甜特殊，卻不會搶奪配料的風采。於是芋圓的Q彈、紅豆的綿密、花生的脆硬都能伴隨著各自獨有的氣味而彰顯出來，就如同把各式不同色彩的情緒納之入懷。

關於想念，究竟涵蓋幾種情緒在裡面呢？不知道一顆有破口的心能裝載多浩大的總量，只知道一滴水曾經是一片汪洋、一顆塵埃曾經是一隅風沙。能夠略為敘述清楚的，往往都已在心底經歷了千百次的排演與拿捏，而餘下那些錯綜複雜的想念，就輕輕地吞嚥，用一種親近但不被占有的方式承接吧！

剩餘的湯汁不多，索性將湯匙擺在一旁，直接湊上碗的邊緣一飲而下，留下滿嘴仙草的清香。或許那就是想念最適宜的溫度──既不燙口，也不過分冰涼。

「你在寫什麼，怎麼這麼神祕？」你突然從背後靠過來。

「沒有呀！就⋯⋯只是在整理筆記。」連忙把本子闔上，回過頭時一臉驚慌。

其實就只是怕被你看到那些關於你的文字與塗鴉。

嚮往著你的日子，
就像是失去北極星的再也

嚮往著你的日子，
就像是失去北極星的船

對於一個人的情感，該如何分辨是崇拜式的迷戀還是喜歡？有人說喜歡是無時無刻不去想念，也有人說喜歡是一顆給出的心，一旦被誰帶走，便再也收不回了。初時似乎沒能仔細辨別這樣的情感，就只是把你當作心裡的好天氣，從此留下了一道陽光，不論晴雨總能照亮自己。

在確信兩顆心相互靠近之前，是用什麼樣的立場決定一步一步地走向你呢？為了投其所好，不記得是如何旁敲側擊，也不記得說過什麼天真笨拙但不失可愛的謊話，當回過神時，似乎已經用對自己而言，近乎是奇蹟的勇氣，一心一意地把目光注視在你所在的地方，壓抑著一直以來那退縮的膽小，甚至差點把你的遠方錯當成自己的遠方。

明明比誰都還渴望愛，卻不知道是為了什麼而愛。成長的過程對於戀愛的貼近似乎是一種本能，本就有一種無法言明的嚮往，若是加上言

情小說、偶像劇等種種美好的想像催化，便更難以遏止那些漫天飛揚的種子，在心底悄悄地發芽。

就像是一首徹底打中內心的歌曲，從此以單曲循環的狀態，使一長串的歌單暫時失去意義，沉淪於一段旋律時，可以毫無間斷與懸念地複習。

只是呀，在解微分方程式時，兩邊的代數總是要分別對著自己，各自積分，那麼把我們的日常各自積累成後來的樣子，那個等號是不是也能始終成立呢？也許後來在意的並不是能不能依然相等，而是在這過程中是不是真的各自累積著。

嚮往著你的日子，就像是失去北極星的船、偏離軌道的彗星，一不小心就會迷航、墜毀。如果可以堅定著自己的日常，不急不徐地持有全部的對白與必要的途經，日子重疊的部分是不是才會令人覺得別具意義？

這才是真正嚮往吧？嚮往著即使傾心於你，也依然能保有自己的天氣。

始終抱有那樣的感謝，在人海的蒼茫裡找到了你，漸漸積攢了足夠的勇氣，能夠抵擋孤寂的咆哮。流年裡的沉澱讓人理解如何辨別迷戀與喜歡，更讓自己明白，喜歡並不只是一味地嚮往，對於日子裡所有的占有與被占有，對於一段旋律的起心動念與隱性的被剝奪，原來很多時候我們該把重心拉回到自己身上。

走在屬於自己的旅途上，堅定著獨屬你的盛開，總會有人看見閃閃發光的自己，然後，即使你們的遠方並不全然相同，也能互相加油打氣，摩挲偶爾寒冷的掌心，適時地遞出一杯熱可可。

願所有的喜歡，都是為了獲得更為寬廣的天空，因為某些指引，而把自己變成更完整的樣子。

小任務 ## 收納你所喜歡的他

找到一個簡單可愛的盒子，把與他有關的珍貴物品放在裡面，例如，他送你的生日禮物、因為想念他，所寫下的文字，以及那些在日常不經意許下，卻不知道有沒有

立場兌現的承諾。

讓一顆飄揚不已的心安定下來的最好方式，大概是拋擲一個沉穩的錨吧！一旦確立了清楚的界線與彼此重疊的範圍，就能不那麼輕易地徹底淪陷。

想要好好感受這份心意的時候，把盒子小心翼翼地打開，在把玩與凝視那些物品的過程裡，編織著屬於自己的念想；在喜歡還很輕的時候，學會不任意說出太重的想念；需要回歸日常的時候，不帶痕跡地把盒子闔上，讓自己好好地循著日子的軌跡一步一步前進，不讓過度滿溢的情感占據了所有視野。

將喜歡裝進盒子裡，並不是將之上鎖壓抑，而是時刻提醒自己，在日常中依然有許多喜歡以外的感覺。當喜歡成為了生活的全部，一味地失重靠近，也許那份喜歡就不再如同當初純粹。

想要在後來的日子裡依然保有打開盒子的那一刻的期待，於是並不著急著耗盡對你的想念。正因為知道那份情感始終都在，於是在各自的日常裡，都能夠鼓起勇氣前進。

那是喜歡最美好的副作用吧？想讓自己變得更好，從此

便擅長於打開與闔上盒子之間的切換，所有的喜歡也都
因而有了最適合歸去的地方。

「嗚……好冷啊！」

「前面有間超商，要不要去買點熱的？」

「我以為你會借給我你的外套。」

「我怕你不想要又不好意思拒絕，會讓你很尷尬。」

唉，其實一直都知道的呀，那獨屬於你的溫柔。

我們曾共是沉痛，
也曾交換了彼此的天空

我們曾失足沉痛，
也曾交換了彼此的天空

日子並不會時常保有晴朗的天色，在偶然失溫的片刻，生活的意義沒能被輕易地看清，有時你會看不見自己想要什麼，也不知道應該要堅持哪一種信念，於是一路跌撞地摸索，試圖寫下那些疼痛的註解與詮釋。

你知道世界並不總是充滿善意，可是卻始終保有內心的良善，這對你而言似乎是再自然不過的事情。選擇善良，讓那些流竄的惡意有所終點並不容易，可是當你願意將它視為理所當然之必要，就在浩瀚的星辰裡多點亮了一顆星，哪怕整個宇宙依然沉淪於黑暗，卻能藉由光亮，凝聚彼此的溫度與留下痕跡。

善待世界的千種方式裡，有一種是溫柔。

當你試圖用獨屬於你的柔軟包覆那些尖銳與棱角，不論剛開始帶有怎

樣的意念，一旦經過你的腦袋，都能在往後的抵達裡不那麼輕易地劃破人心，這就彰顯了你的溫柔與善意。

其實溫柔的初衷是相當單純的，就是希望別人能好過一些，於是事先把所有的應答與舉動都過濾，哪怕原本的傳遞沾染了一些惡意，都能以另一種樣貌抵達，而不讓鮮血淋漓。

至於情感裡的溫柔，則是更為細緻而綿密。在喜歡以後，彷彿能漸漸發現自己有好多不同層面的形貌，因著一顆心臟的脈動與往後心緒的輕易起落，人似乎變得堅強而脆弱，將包容與狹隘同時兼容。

因為幾次歡笑、幾次爭吵，學會在適當的時刻給予最為合適的應答，學會在情緒將要滿溢的時候，止住莫名的衝動；因為幾次較真不肯服輸的幼稚、無奈遷就而討好的求饒，學會理解彼此充滿尖刺的樣貌、閃避那些滿是暗礁的地帶、辨別誰需要成為誰的必要，又是誰成全了誰的念想。

那些銘刻在歲月裡的印記，無論你如何反覆端視，都是往後的日子裡不肯丟失的模樣。安放於靈魂深處的美好之所以如此珍貴，是因為你

們曾用一整顆心的力量，許給彼此平穩的遠方，用生日裡最重要的第三個願望，獻上簡單而豐盈的安好。

你還記得那一次跨年，你們都喜歡窩在各自的家裡躲避人潮，用一句簡單的祝福，迎接新的年歲，然後在飽滿的心跳裡緩緩入睡。有時候存在的本身就是一種溫柔，當還握有彼此的消息，便能不緩不急地在各自的角落裡生活。

哪怕在流年的拉扯裡，鬆開了原本緊握的雙手，哪怕後來不再聯絡，都依然能在見著彼此的剎那，綻放真誠且落落大方的微笑。親愛的，我們曾失足沉痛，也曾交換了彼此的天空，只是在四季流轉裡，陽光未曾恆常傾注，天也注定落下傾盆大雨，然而，你始終是你，是懷有柔軟心臟的那個你。

後來的溫柔，是要留給自己的，就在我們再度拾回天空時。你知道那些碰撞過後所產生的瘀青並不會永遠存在，所以還是要告訴自己，得努力找回那樣的好天氣、努力保有日常。無關是不是一個人，都要笑得爽朗，還要有所衝勁地看日出、擁抱清晨。

始終希望自己能長存年少的溫柔而不失去，於是努力在後來的勇敢裡，留下一種信念與嚮往。

點燃喜歡的香氛蠟燭

記得與香氛蠟燭的第一次相遇，是小時候到美國旅遊時，在一間一元商店的陳列櫃上，那一致小巧的玻璃罐裡，裝著不同顏色的蠟，分別代表不同的口味。

印象特別深刻的是當時並不識得幾個英文單字，所以選擇了唯一認識的櫻桃口味，打開玻璃罐，用不著仔細聞嗅，濃郁的甜香便撲鼻而來，與蛋糕上偶爾可以見到的櫻桃，味道極為相似。那時帶了幾個回來送給朋友，朋友都說太甜了，只要一點燃，房間便充滿那種氣味，久久沒能散去。

後來擁有了喜歡的香氛蠟燭，是認識多年的好友送給我的禮物，那是由乳白色網紋印樣的瓷器所盛裝的蠟蠋，色澤是溫和的淡黃色。點燃時，起初它的痕跡並不易被察覺，只是張揚著明晃的燭光，良久以後，才會在偶然

抬頭或者轉身時，隱約聞到它，然後意識到原來香味已綿延充盈了整個空間。

那是一種不易描摹的味道，如果要找出最貼切的形容詞，大概是溫暖與明亮，就像是午後透過薄紗窗簾、灑進屋內的日光。

於是才懂不著痕跡的意義，明白毛毛雨的輕薄、晴空漸層的藍色、因為習慣而形成的樣貌。

了解淡薄並不意謂著很輕的重量，也懂柔軟並不代表不能夠堅強，因為還願意懷揣著這樣的信仰，所以在人群裡與外都能擁有足夠強大的力量。

必須懷抱著溫柔，但不要當個一元商店的蠟燭，你所嚮往的香氣，應該在安靜中平穩地生長。

CHAPTER

TWO

心臟

· · · · ·

關於情緒

仍有一些對生活的躁動，

連同那些較真的、任性的、熾熱的、灑脫的一起鼓動，

在記憶被封存以前，把那些隨心翻湧的感受溶解在血液裡，

不論心跳的急速和緩，運送到全身各個角落。

如果害怕流經腦袋的情緒太過濃稠，記得多喝水，稀釋那些過度的鮮明抑或洶湧。

請容許我偶爾不那麼用力地哭與笑，畢竟往後的日子還很長、很久。

「如果他不快樂的話，我怎麼快樂得起來呢？」

「為什麼不行？」

「你怎麼這麼沒同理心啊！難道你要在一個難過的人面前呈現興高采烈的樣子嗎？」

「傻瓜，兩個愁眉苦臉的人待在一起才更難讓心情好起來吧？如果做不到快樂，至少也要讓情緒平穩一些，這樣你才有餘力陪伴他啊！」

只有你自己，
可以選擇你的快樂

只有你自己，
可以選擇你的快樂

忘記問你今天的天氣如何，玻璃窗外的光能不能照亮如同嬰兒般嬌嫩的新芽？日子有時候是三兩烏雲的延展，在已不能想哭就哭、想笑就笑的日子裡，情緒已不再單純如往昔，後來有些不順遂的來臨，再也無法因為一根棒棒糖的收買就成為過眼雲煙，並不會因為發生了一件好事，所有壞心情就一筆勾消。

有一種天性上的選擇，是我們一直以來都在追尋的。

你說你想要把所有奔赴都細細拆解，把種種目標背後的緣由都分解成最小單位的意義。我們都希望生活能貼近美好的方向，這大概是為了獲得快樂吧？就像洗澡時總不自覺地哼起歌，在自然醒時，慵懶地舒展身軀那樣。我們真正想要的其實非常簡單，不過是打從心底覺得滿足，能讓酒窩不自覺浮現的那種快樂。

在無數種企求的過程中，對於初時的你而言，快樂是寄託在別人身上的。你知道在往來穿梭的人潮裡，總有那樣的人會讓你想真心真意地待他好。不問原因，也沒有目的地，彷彿當時的你們就是彼此的抵達，能夠用日常最瑣碎的無關痛癢，淡去心裡或深或淺的瘀傷。

那時你的所求不過如此單純直白，可是不知怎地，卻不如想像中的容易做到——花了很多心思猜測對方的心意，拐彎抹角地遮蔽那些再直白不過的情感，暗自希望那些埋藏在枝微末節的隱喻他都能知道。但事實卻是：他沒有讀心的超能力，也沒能明白你種種作為背後的用心與意涵，於是你們一方覺得委屈，另一方卻覺得莫名其妙。明明你們都不是複雜的人，卻輕易地讓日子變得複雜了。

在後來的日子裡，依然希望可以成為某個人的快樂，可是快樂對你而言，有了更為寬廣的意義。你逐漸明白如果讓自己的快樂停駐在別人身上，那麼便很難做為你的選擇。於是後來依然祝願他能夠安好，依然樂於聽見他的爽朗笑聲，可是若他的天色並不晴朗，那也不能構築成阻擋你快樂的理由。

終於能夠明白了呀！只有你自己，可以選擇你的快樂。

當知道事情從來沒有絕對，後來的情緒也不是只有單一顏色的了。如果可以，就試著接受那些原有的瑕疵，將美好的、幸福的、銘心刻骨的，連同悲傷的、心碎的、難以忘懷的一起容納，然後你才得以一併拾起那些藍色的快樂，保存每一件事所留下的餘溫。

學會用微揚的嘴角代替露齒燦笑，當遇到太過抽痛的酸澀，便把它壓縮成疲累的臉色。想把日子妝點得簡單，在一些不過分複雜的情緒裡打轉，就像光灑下時輕輕飄揚的塵埃，安穩地起落，再慢慢地遠去。你明白情緒從來就無法恆常維持在一個狀態，於是只能傾力維持平穩，讓好與壞之間的落差不過度張揚。要能真心喜歡日常的祕訣，便是盡力貼近每一刻內心的觸動，同時穩穩地承接所有冒出的想法與想要藏匿的皺褶。

所以你得以在那些劍拔弩張的歲月裡，學會和緩如塵埃地飄揚——把憂傷曝晒，把複雜折進陽光。在閃動著晶瑩的眼眸裡，捕捉每一顆劃過的流星，那大抵已無關乎隕落與否了。

送給自己三個簡單而實用的禮物

一心想許下願望的時候，誰說一定要有倒映在臉上的生日燭光、黑暗中一閃即逝的流星雨？有時候要促成一件事情的發生，並不需要任何理由，或者，理由可以是目的本身。

想握有誰也沒能剝奪而去的快樂，在天空很重的時候輕輕拂去總是如影隨形的煩躁；想在某一個既不上鎖也不開放的空間裡，沒有任何顧忌地懷抱脆弱與柔軟。

如果可以，就送給自己三個簡單而實用的禮物吧，只要成為自己的英雄，就不需要靠誰來拯救。想獲得安全感的祕訣便是把某一種日常往復的片刻，視為獨家的儀式，於是在往後的日子裡，就能握有不會被輕易拾奪的快樂。

比如刻意把鬧鐘設在距離起床時間前十五分鐘，因而獲得片刻慵懶而富足的寂靜；比如在通勤時間那搖晃的公車上尋一處靠窗的座位，戴上耳機一路驅馳到遙遠的終點；比如在每日需要完成的事務告一段落時，花些時間，簡單記錄今日令人深刻的笑與淚。

一成不變的日常令人覺得匱乏，可是同時也令人覺得慶幸，是因為能擁有熟悉的安全感。留給獨屬於自己的快樂，哪怕偶爾裹足不前、哪怕下著雨的日子一再重演，找到一種打理自己的方式，就不怕偶爾讓自己過敏的季節。

「欸！我好難過。」

「喔。」

「你不問我怎麼了嗎?」

「我陪你一起哭啊！反正你想講的時候自然就會講了。」

「......」

也許生活的本質，
本是平靜裡帶點憂傷

也許生活的本質，
本是平靜裡帶點憂傷

想偷偷走進你心裡，看看今天綻放的花火是什麼顏色。

始終覺得人類可以擁有情緒並且得以感之，是一件非常不可思議的事情。在難以捉摸卻又彷彿有跡可循的生活裡，偶爾感受目前彼此的狀態，也在你的雨季來臨之前，悄悄準備好一把傘；若恰逢陽光正盛的時刻，便能開懷地承接某個人的笑容，搭著彼此的肩，笑鬧地度過一個下午。

就像打呵欠一樣，總會在他人輕呵出聲以後忍不住微微後仰，情緒的渲染也總在不經意間漾出幾抹好看的花，沉浸於電影院內的悲傷，讓眼淚在眼眶滿溢後輕輕地流下。後來才發現，真正讓人感到鼻酸的，不僅僅是情節與橋段，更是配樂與此起彼落的啜泣聲，聲音的暈染總讓人忍不住在心尖泛起陣陣的痠疼——或許耳朵與心臟有著最緊密的連結吧！

至於那些與個人有關的傷感、涉及生活的聚散離合，則無法用三言兩語輕易地說明白。有些情緒是相當私密的，特別是關於驕傲與脆弱的部分。始終好強的你，在大多數的時刻，總相信自己可以默默地把這些不夠晴朗的天色拆解、消化，再填補上不同的色彩。

究竟遇上不快樂時，世界會是什麼樣子呢？我想，應該會是相當黏膩的。談不上有多難過，如同尚未落下的午後雷陣雨，水氣都留在空氣裡，心情不自覺沉悶起來，想要打起精神卻又無法逃脫。後來你發現即使不具備一個足夠合理的緣由，也會輕易變成不快樂的樣子。

是的，有時進入那種狀態並不需要理由，或者說，所謂的理由是難以言說的。它不是因為單一的事件，而是由一連串的累積，相互交錯而成，你知道當下過得並不好，但也無從將自己打撈起來，只能任憑起落的浪潮一次次地拍打，有時彷彿連呼吸也會感到抽痛。

好想用力地告訴自己，即使是這樣也沒有關係呀！因為坦然面對不好的狀態，就是一種莫大的果敢。如果能試著接納，不去倔強地反抗低潮，會不會能好過一些呢？

把憂傷不斷放大，可以在裡面看見什麼？

在不願面對的時候，所有的憂傷都是伸手不見五指的。一旦感到害怕，它就能像黑洞一般吞噬掉你，讓你陷入一種漫無目地迷失，沒有星辰、沒有極光，只有回不去的路與見不著彼端的沉默。

於是你拚命地抵抗，傾盡所能地碰撞，想要製造出一點聲響，可是再怎麼聲嘶力竭地吶喊，卻發現宇宙依然是沉寂的。當無法接納那些難受的情緒，就好像否定了某部分的自己，到後來，便是連強顏歡笑的力氣都沒有了。

或許幼時的我們都曾擅長積聚極大的勇氣，敢讓憂傷穿透自己而不抵抗，所以才得以看清它的本質——是無法說出口的想念、沒能拉住過往的遺憾，以及來不及言說的感謝。因為無法遺忘也捨不得遺忘，所以背負了太多太多的記憶，縱使那些令人傷感的事物依然讓你難過，可是做為一種類似疤痕的紀念，卻又慶幸走過的路自己依然記得。

也許生活的本質，本是平靜裡帶點憂傷。

還是要經歷過一段歲月才能明白，可以笑著、哭著和懷有真實的感受，似乎就是件幸運的事。如果能相信所有情緒的誕生都有其目的，又何必要特別阻過它們的發生？的確，會有一些特別難受的時刻，可是若沒有淚水徹底地洗滌，又如何完好地結痂呢？

>
> **小任務** ### 養一盆小小的仙人掌
>
> 如果不太習慣對別人說出自己的心裡話，或者不想麻煩別人、覺得自己有足夠的能力面對那些日常裡幽暗的地方，也許可以試著養一盆小小的仙人掌，然後在那些想要傾訴的日子裡對它說說話。
>
> 如果是堅忍的仙人掌，一定可以承受你說出口的憂傷吧？它總在窗臺上打撈午後飄揚塵埃的陽光，挺直身軀在偶爾乾涸的土壤，不論日子擁有多麼巨大的起落，彷彿都可以不緩不急地把自己打理成最好的樣子。親愛的仙人掌呀，一定不會介意你偶爾的打擾吧？
>
> 之所以有把話說出口的必要性，是因為必須明白此刻你正處於受傷的狀態。正視自己的情緒是相當重要的事

情，為了不變得麻木，也為了持續保有為日常上色的能力，透過話語，把心碎具象化，理解究竟為了什麼而感傷，進而嘗試勇敢。

一旦不再迴避，才有機會慢慢抽離。

記得每兩、三個禮拜就要為它澆一次水，也要適時允許自己稍微解放任性；記得偶爾要為它播放點輕快的音樂，也不忘同時讓自己的情緒飛揚起來；記得天氣好的時候要帶它到陽臺晒晒太陽，也順便吹吹風讓煩惱變得渺小。如果有幸遇上它格外珍貴的花開，記得為它拍一張照，因為那是你格外仔細地了解它，而它不願讓你失望。

生活大抵就是這樣，在不動聲色裡恣意張揚，即使有悲傷也要持續前進。

記得不忘為自己養盆仙人掌。

「你不覺得他很討厭嗎？每次……」

「停！我不想要知道，因為那是你的事情。」

「你很機車耶！讓我抱怨一下都不行！」

「因為那是你的事情啊，你喜歡誰會跟我說嗎？

那為什麼要告訴我你討厭誰呢？」

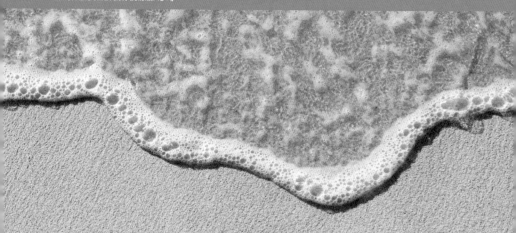

把討厭與被討厭，
安放在心裡
那陽光燦爛的地帶

把討厭與被討厭，
安放在心裡那陽光燦爛的地帶

如果世界上所有的事物，都注定有對立的概念，那麼相對於喜歡的討厭，大概也是一種理所當然的情緒。不論心地再怎麼善良，我們都無可避免地會討厭一些人事，所以，被討厭也就成為一件再正常不過的事情了。

很難恆常地維持快樂的心情，但除了憤怒與難過，日子裡潛伏著更多的是令人厭煩的不如意——有太多不願去做的事必須完成，有太多不想接近的人必須往來，所以你的心開始武裝起來。曾經對產生這種想法的自己懷有罪惡感，認為理性上可以不認同，但怎麼可以讓不友善的情緒生成，於是試圖說服自己不去厭惡，哪怕不能全部喜歡，也不要帶有任何負面的意念。

後來才發現，這樣的日子是令人痛苦的，因為沒能讓所有流經腦海的情緒自由地產生。你以為要成為一個足夠好的人，首先必須具足的特

質，便是不懷有任何討厭的情緒。可是你忘記生而為人，這些情感的存在就是不可或缺而莫可阻遏的，如果對一個人產生好感是不由自主的，那麼當某個人的行為舉止是你所不能認同，甚至是你所不喜歡的，又該如何阻止那些厭惡的念頭誕生呢？

其實，重要的並不是有沒有產生這些討厭的感受，而是要如何看待這些厭惡，如何在懷有這份感受時依然保持理性，把行為與想法分離，不去惡意地攻擊、傷害。情緒是非常私我而主觀的，你可以沒來由地討厭一個人，並把原因歸咎於氣質不好、第六感等莫名其妙的理由，畢竟有太多形形色色的人了，總會遇上幾個頻率無法對上的，抑或想法差距得過於遙遠的。太多的看不慣一旦積聚凝結，似乎自然而然地就會變成討厭。

如果可以了解「討厭」這種情感的產生是何其自然的事情，那麼「被討厭」似乎就不再那麼難以理解了。

曾經相當害怕被任何一個人討厭，於是小心翼翼、處處提防，不知不覺地讓一舉一動都成為了綑綁，總要為了誰，失去自己最自然的樣態。後來終於明白，似乎在不夠自信的時候，特別容易陷入這樣的惶

恐不安，因為缺乏安全感、害怕身旁的人會離開，所以總是無所不用其極地要自己維持在最好的狀態，可是令人難過的是，儘管已經這麼努力了，卻依然沒能迎來所有人的喜歡。

事實似乎就是這樣，就像麵線上的香菜、不加糖的黑咖啡，沒有一樣東西能獲得所有人的青睞。可是親愛的，你也同樣應該明白沒有任何一件事物會招致所有人的討厭。追根究柢，討厭不過就是一種情緒的狀態，連最親愛的人都曾讓你冒出一瞬間的厭惡感，所以你又要如何輕易地抹除那些因著眾多面孔而生的負面情緒呢？

可是幸好，儘管不能根除討厭，你卻可以心懷感激地珍惜每一份願意留下的喜歡，有些甚至是曾經討厭的情緒輾轉之後，會用另一種本質歸來。沒有人喜歡被他人討厭，可是當那成為日常必然的一部分，坦然地接受並共存，似乎就比較不那麼容易被它的鋒利所傷。

如果可以，就把討厭與被討厭，安放在心裡陽光燦爛的地帶，完整地把所有尖刺都收攏，那便已是莫大的果敢。

懂得拒絕

你是不是偶爾也會對這樣的自己感到有些困擾呢？總是在太過迂迴的想法裡徘徊、在一個決定前顧慮得太多，不由自主地顧及周遭的眼光，把所有不經意投遞而來的眼神都當作仔細的審視，於是動彈不得，沒能在日常裡順遂地跟隨自己的步調。

曾企圖尋求一種解釋，合理化這些潛藏在所有意識裡的討好，後來才願意正視背後真正的原因，其實就只是不願意讓他人失望，並擅自判定失望再進一步延展的情緒，就只能是討厭。

不願意讓誰失望並不全然是一件壞事，但令人惶恐的是因為不想讓人失望，所以不在人際界線上切割，成為有求必應、照單全收的人，過程裡儘管偶爾怨懟，卻仍是不斷要求自己的心要更柔軟、臂膀要更寬廣。

只是啊，這樣的柔軟背面並不是善良，而是軟弱。越不懂得拒絕，便越害怕承接任何討厭，因而越無法保有自己的原則。

這是多令人難過的事情，在為別人付出的同時也失去自

我，更諷刺的是，鮮少會有人因此感激你，多數的人只會視作理所當然。

這是惡性循環的開始，一旦你的好被視為應該的，直到不堪負重的那一天來臨，就會反過來被視作一種惡了。

因此我們才要學會如何建立原則，如何讓自己明白，即使會被討厭，也願意冒風險拒絕。

了解自己與他人的分野，並確立原則是很重要的事情。比起用失去自己做為代價，比起試圖阻止所有討厭，不如堅守自己的立場而獲得某人的喜歡。

一定會有這樣的人吧？喜歡這樣的自己，保有最真實的模樣——既不討好，也不刻意大方。

「我說你怎麼那麼勇敢啊？難道就不害怕失敗嗎？」

「當然會怕啊！可是我知道如果沒有試試看，以後就一定會後悔。」

即使在原地打轉，
你也終會明白
與什麼都不做之間的差別

即便在原地打轉，
你也終會明白與什麼都不做之間的差別

勇敢與脆弱，大概是人與生俱來就有的本質。

從嬰兒時期開始，我們用啼哭來揭示自己的脆弱，以彰顯種種需求。那時承認自己的弱小極其容易，因為不懂得隱藏，喜怒哀樂全寫在臉上。張揚快樂與難過的情緒似乎是件簡單而單純的事情，所以凡事都不多想，反而不容易受傷。

到了涉世未深的年少時期，我們都是懷抱初心而無所畏懼的，這時候的勇敢變得特別懷有希望，也似乎擁有一股敢於橫衝直撞的傻勁，認為只要義無反顧地前行，便能破除所有或大或小的波折與激浪。

只是現實總不如想像那樣鼓動人心，不免在闖蕩的路途上經歷幾場雨淋，用一身的濕冷，體會第一次心碎的滋味。那種搞砸一切的想法是令人絕望的，你終於開始意識到努力與所得並不一定成正比，愛與被

愛也不一定是相互的關係，當沸騰的熱血被降溫，不知從何時開始竟變得有些膽怯，也許是害怕疼痛與傷口的灼熱，你不再如初時那般可以無所畏懼地捲入肆虐的風雨之中。

另外在很多時候，還有一種勇敢是非常重要的——關於如何放下，如何不再對過往執著。受傷會讓人變得退卻，所以後來留存的傷疤似乎就是種提醒，告訴自己曾經墜落的傷心與失落。重提舊事太過艱難，也因此我們更要學會這種勇敢，學會不再輕易地讓遺憾擱淺、不再反覆地牽掛、不再緊咬著遲遲無法說出口的道別。

大抵是我們都還不夠勇敢吧，因為那些被傷害的印記以及越能理解脆弱的樣貌與懷有的傷感，後來也因為害怕失去，索性便讓一切不再發生，使情節在開始發展前，就斬斷了任何可能性。

因為害怕交新朋友時所面對的尷尬，所以說服自己只是享受獨來獨往的生活；因為始終沒能獨立，所以說服自己只是熱中於社交；因為不願承受可能會讓你失望的答覆，所以說服自己現在的狀態就已足夠安好。

其實你心底也明白，會這麼做只是予以自己一個理由，讓你可以接受失去勇氣的樣態。過得好與不好始終沒有明確的定義，也沒有人會對你的抉擇品頭論足，只是人總會知道自己內心深處想要追尋的究竟是什麼。試圖蒙蔽抑或埋藏真正的心之所向，似乎也就陷入另一種痛苦當中了。

親愛的，能夠讓你擺脫過去所帶來的疼痛，並提起勇氣前行的關鍵在於，要告訴自己之所以這麼做，不是為了再重複曾經的失敗，而是為了賦予自己另一次機會，寫下另一種結局、成為你想要的模樣。這是無關乎後來的成敗，重要的是你願意為了變得更好，試著去積攢勇氣做出改變。

即便在原地打轉，你也終會明白與什麼都不做之間的差別，因為有足夠的勇氣，承認自己的缺失與脆弱、放下曾經的傷痛，更因為有力量能再為自己勇敢一次。後來你終於能說服自己，試著一步一步靠近理想中的樣貌，堅定了年歲裡的奔赴，哪怕偶爾傷感、依然脆弱，也不再輕易地退縮，辜負一直以來這麼努力的自己。

試著再為自己勇敢一次吧，你值得更好的結局。

安撫自己的心臟

在生活中偶爾會遇到並不善於面對的狀況，使得自己突然卑微起來。比如對我而言，如果迎面巧遇了相互認識但不熟悉的人，就會覺得異常尷尬，此時腦子便開始高速運轉著應該要說些什麼，抑或用什麼自然的姿態錯身，更多時候，逃避似乎是更直覺而簡單的選擇。

可是在每一次那麼做之後，總會明顯地感受到內心升起一股厭惡感：「明明只是打聲招呼而已，為什麼要顧慮這麼多呢？」很多時候對於一件事的恐懼往往不是來自於事件本身，也許是因為過去某個經驗，也或許是因為過於放縱自己，讓恐懼有了一次比一次茁壯的可能。

那些瞬間清晰的卑微，並不只是因為笨拙的社交能力，更是因為明明想要改變，卻還是輕易妥協於下意識逃避的決定。

如果遇到想迴避的人事，如何在恐懼滿溢的同時，嘗試站穩自己的腳步呢？比起調整紊亂的呼吸、僵硬的嘴角，首先需要安定的似乎是那顆躁動不已的心臟。

在事件快要發生的前三十秒，把掌心放在左胸口、感受

耳膜與指尖同步失序的鼓動，試著為自己打氣吧，告訴
自己願意留下已是何其不易，此刻的突破是為了來日不
再抱有遺憾的發生，然後等待躁動平息下來、勇氣被傾
注的可能。

也許下次類似的情境再發生時，恐懼依然會流竄全身，
可是你已經知道此刻應該要做出什麼樣的努力了。

過去並不能被彌補，現下的性格也已鑄成，但若能積聚
以前沒能擁有的果敢，是不是能允許自己相信終有一天
能夠跳脫惡性循環的可能？

「為什麼都沒有人願意主動找我說話？難道我就這麼邊緣嗎？」

「幹嘛一定要等別人找你，你可以主動先找別人呀！」

哪怕日常依然起落，
你始終會有新的方法
去適應新的循環

哪怕日常依然起落，
你始終會有新的方法去適應新的循環

不知道你是否會寫日記？把日常攤開來仔細地晒一晒，會發現許多本來沒能看見的規律正周而復始地上演，不論生活的步調是疾是緩、是否身處於一種日子到另一種日子的過渡、心裡的天色是晴天抑或下雨，總會有著某些不屬於意識管轄的機制，讓你在思緒不夠清楚的時候，用一種比較安穩的姿態，妥貼地途經日子的瑣碎繁雜。

習慣是一種日常的積累，用那些逐漸形成的制約，把日子包裹成比較容易嚥下的形狀。例如起床，不論前一天多晚入睡，都會輕易地在某個時間點倏地睜開雙眼；刷牙時總會在左後方的臼齒上不自覺地停留一會，然後在漱口的時刻順手用指腹輕抹嘴角，把多餘的泡沫擦掉；等到意識過來時，早已快要扣完衣服上的釦子，口袋裡會自動放進手機和錢包，手腕上會不自覺地出現手錶。

「習慣」幫助我們打點了許多事情，讓成千上百個繁瑣的步驟，得以

在無形之間完成，於是，某些不願承載的想念抑或是不願面對的故事，也都擱淺在習慣裡，成為你之所以流淚的理由。

長大的千百種副作用裡，有一種是不再輕易地感到快樂了。你也很難否認吧？有時候一種習慣的出現，是為了合理化那些下意識的麻痹與回絕。走過太多傷心的日子，看著那些憂傷，鋪天蓋地地遮蔽所有好與不好的現實，就難以再用等同的悲喜標準，去對待那些本應讓心情有所起伏的人事。

當越來越多龐雜的事物攪擾、當日常不再只是單純的循環，有時候經歷了幾場雨淋，我們也不再興高采烈地踩水坑了。

是從什麼時候開始，思緒變得如此蜿蜒而迂迴呢？學會禮貌地溝通、讓嘴角恆常掛著一抹微笑，哪怕滿腔的難受也要擒住滿溢的淚水，以為把悲傷掩埋，用日復一日的習慣說服自己視而不見，就能夠讓一時的風平浪靜延展成永遠。

花了好些時間才明白，那些令人刺痛的事實，從來不會就此灰飛煙滅呀！如果一根扎進心裡的刺沒能好好地被拔除，再多的自我安慰與鼓

勵也不能讓傷口癒合。我們可以說服自己好好生活，讓日常保有完好的樣子，但既然有些事實無法動搖，也就只能打破習慣，才能讓真實得以被接納，也用新的習慣，讓自己變得更好。

那位躲在內心深處的自己，大抵還是任性的，渴望能夠想哭就哭、想笑就笑，遇到喜歡的朋友，用明燦的笑意大聲問好，與沒什麼好感的人狹路相逢，就淘氣地扭過頭，什麼話也不說。

若你發現，每一場相遇似乎都依循著某一種模式：習慣遇到讓你受傷的人、習慣在相處時變得卑微、習慣在做決定時委曲求全……那麼你就可以問問自己，是不是潛藏了什麼樣的特質，讓自己特別容易陷入這樣的迴圈。

長大的副作用裡，也有一種是變得善於理解，理解生活不再單純、理解人偶爾會感到寂寞、理解習慣的必然存在……而唯有懂得習慣的運行機制與帶來的結果，你才得以匡正自己，並把生活修正成理想的樣子。

「看見黑暗，然後你才能看見光」，是你後來學會幸福的方法，依舊偏

強和善良的你，只是變得更善於體諒，諒解所有作為並擁抱彼此的脆弱，大抵生活本就充滿黑暗，可是一旦修正了習慣，便能擁有新的方法去適應新的循環。

小任務　練習打破習慣

習慣是相當便利的存在，使得堆積如山的瑣碎日常在不自覺的時刻進行著，但這也在無形之中限定了思考方式，像是不自覺地討厭了誰，也莫名地被誰討厭，嚮往斬斷某些綑綁，但沒有意識到是你把自己困在某些迴圈裡。

觀察那些再平凡不過的日常，是否有一些習慣，會使事情與所預想的背道而馳呢？比如渴望和某人接觸，卻因為沒有勇氣打破陌生的高牆，而習慣被動地等待對方主動投以善意；比如希望有所主見，卻因為不願造成對立的局面，而習慣任由周遭的聲音包圍自己。

其實不難發現，那些無法好好藏掖的性格，與蟄伏於日子裡的習慣有著密不可分的關係，或者可以說是相輔相

成。也因此,「改變」才是件難以做到的事情 —— 畢竟早已根深柢固,也已被身體所記憶,哪怕是分毫的違逆都會讓人覺得難以適應,覺得不必那樣為難自己。

只是呀,如果反過來被這些習慣所凌遲,便很難再成為更好的自己,習慣躲藏、習慣壓抑、習慣過度保護自己,也許有一天真的就會寸步難行。換個角度想,不也正因如此艱難,破除習慣才是件別具意義的事情。

為了不在雨中忘記撐傘、為了不輕易喪失掌心裡的灼熱,請練習勇敢、練習落落大方地回應。生活永遠都在一成不變中改變,所以習慣也總要除舊布新。

背

……

關於人際

總喜歡那樣的感覺，在還有些炙熱的午後與某人一同奔走，
允許自己任性一回，揮灑著希望能橫跨時光的汗水，走過的青春才不算白費。
接近尾聲的時候，我們在有些寬廣的鬱青草原席地而坐，
如果可以，希望仰望著一望無際的藍天，背靠著背，任由徐徐的微風拂去曾滾燙的汗水。
也許後來懷念的，不是曾出走了多遠，而是倚靠了誰寬廣的背。

「你到底怎麼了？」

「算了，你不要管我啦！反正你根本不懂。」

「如果你一直都不說，我怎麼會懂？」

在變得更為果敢以前，
終要走過必然的過渡

在變得更為果敢以前，
終要走過必然的過渡

大多數的朋友都是能夠分享快樂的，哪怕只有一次短短的聚會、一場稍微熱鬧的飯局，當對話恰巧能對上頻率，就可以讓彼此都笑出聲，在或新或舊的人群裡，因暫時獲得的共鳴而感到開心。

身邊有些朋友彷彿有永遠說不完的話題，總能讓氣氛熱絡不已，也或許你自己就是這樣的人，總是傾盡所能地散播歡樂，設法讓所有人都感到自在，那是種令人感激的體貼。

但是關於所有隱匿於光亮背後的黑暗，往往以為只有自己懂，於是孤單成為流落天涯海角後的唯一選擇，你避而不談，始終以淡然的笑妝點。你知道自己並不是個易於理解的人，潛藏著太多的脆弱與不堪一擊的傷口，可是在人海裡依然笑鬧著。不是因為你不喜歡安靜，只是一旦安靜了，就會覺得萬分寂寞。

有太多未能輕易說出口的，還不能鼓起勇氣好好說，也有太多複雜且相互糾纏的，不知道該怎麼整理，於是選擇不說，所以總是在心裡向對方喊著：「請原諒我的自以為，以為沒有說出口，你就能懂。」在還沒能毫無顧忌地敞開心扉時，不論是否善於言詞，許多事都會變得難以啟齒。揭示自己的脆弱，似乎在長大成人後就變得越發困難。

事實是，有時候連我們都沒能了解自己，關於沒來由的沉重、某些時刻的喜新厭舊、突如其來的武裝與渴望占有等等。當複雜的情緒使得黑暗不是只有單純的悲傷，當沒來由的沮喪席捲而來，以及當生活的挫敗銳利地割著心臟，你就只是安靜地走出人群，任由狂風暴雨肆虐，在劫後餘生的喘息中回到人群裡，儘管你非常疲累，卻局限在給自己的框架當中，不知自我揭露的程度該如何拿捏。

或許是害怕太過陰暗的部分會使人退避三舍吧？也害怕渾身是刺的想法沒有人能理解。可是親愛的，其實能否被全然地了解，怎麼會是需要擔心的事呢？當你身為誰的朋友，不也是希望他能訴說那些並不明燦的部分，哪怕你並不能全然地替他承接，至少也讓情緒有個出口了，但如果很不湊巧你就是造成他不快樂的一部分，其實也是另一種難得的幸運，至少有機會可以溝通。當有了對話，便可以試著打開彼

此的心結，關係才會有修補的可能。

溝通的重要之處在於試著把當時沒能說出口的，重新整理成可以攤開來講的話題，讓那些足夠信任的人得以更完整地了解你。那並不是件容易的事，可是若能一步一步地做到，關係將變得更爲密實而堅固。曾經以爲無法改變的，或許會成爲某個雨季裡的救贖。

我們都無從得知會不會有那樣的人，肯爲了彼此而調整。如果身邊多了一個能夠一起擁抱同一份黑暗的人，那將會比一同開懷大笑來得更有能量。

於是溝通變成一件很重要的事，在往後的旅途裡，才得以倚靠彼此出走，讓許多他方都成爲歸途。

在變得更爲果敢以前，終要走過必然的過渡，當面臨無力承擔的重量，就試著說出口吧，你要相信那些碎散在年歲裡的不幸，終會有足夠溫暖的人輕輕地替你打撈起，讓後來遇上的黑暗，不再輕易地使你迷航。

撥一通電話

你是一個能夠對著話筒,滔滔不絕個一、兩個鐘頭的人嗎?我始終認為那並不是一件容易的事情,除了害怕面對在這通電話中,兩個人都不知道要說些什麼的困窘,更因為無法看見對方的表情,所以無法精準地抓住彼此之間那流動的情緒。本來就不善於言辭,一旦失去拿捏分寸的安全感,便更難吐出隻字片語了。

一直以來,比起通話,更傾向於直接約出來見面。

那些透過電話交談而沒能說出口的話,是否會在見面之後就有勇氣開口呢?例如相處所產生的稜角、可能會使對方受傷的言語、你希望對方稍微修正的行為等等。善良的你並不想要傷害誰,只是若真的有必要說出口,是不是能按捺住那股選擇沉默的衝動,而得以不這麼針鋒相對地傳達訊息到對方的心裡呢?

把自己埋進被窩裡,隱約聽見來自另一端和緩的鼻息和自己格外清晰的心跳聲,手指緊緊地拽著被單,掌心彷彿都要摳出汗來。在那缺少話語的片刻裡,時間彷彿被無限拉長成看不見盡頭的地平線,所有的不安頃刻累積

成高牆，讓人只想退縮並瞬間反悔。

結果並不會盡如人意，可是卻是那必要之惡最為良善的樣子了，希望話筒的彼端可以明白這樣的作為，電話線可以準確傳遞這一份體貼，然後，關於彼此碰撞出的稜角，可以在一次次渺小的火花裡漸漸被消解。

「怎麼了？」

「沒事。」

「……你到底要不要講？」

「真的沒事啦！就想謝謝你一直都在……」

真正刻骨銘心的
是在平凡之中，
交織而成的小事

真正刻骨銘心的是在平凡之中，
交織而成的小事

很多時候生活並不容易，在沉重的日子裡，被各種瑣碎的雜事拉扯著，久而久之，便忘了如何喘息。哪怕是日復一日的循環，都有讓人不願面對的地方，於是偶爾會感到厭倦，想要逃離這不堪承受的荒涼。

就如同一場冒險一樣，關於日常，你擁有基本的情節與腳本，只是從未知曉會發生什麼樣預期之外的細節，於是每天都夾雜著熟悉與陌生，期待在街角撞上突如其來的相遇，卻又害怕某些猝不及防的道別，企圖明白究竟有什麼東西是可以恆常緊握的。

周而復始地揚帆遠航，看浪潮迭起、餘輝蕩漾，有時你會輕輕地趴在船上的欄杆上，期待成群的海豚躍上海面戲水，或者飛來幾隻海鷗，捎來南方小島上的幾句問候。你知道日子要如同自己所嚮往的並不容易，於是每當遇到讓你覺得幸福的時刻，便竭盡所能地把它延展成溫

暖而綿長的模樣。

因為生命從來不是只帶來明燦與美好，很多時候，日子亦翻騰洶湧。或許多數的暗潮憑藉著你的好強便能堅挺而過，可是當遇上了無法抵擋的昏暗，借一個寬闊的臂膀依靠，似乎總能讓自己好過許多。

也就是因為這樣吧，憑藉著誰的陪伴，才得以在難以脫逃的艱困裡，搖搖晃晃地堅持下去。知道還有所依靠的同時，也努力地壯大自己、成為別人的支柱，做最明燦的光。晒一晒彼此看不見的憂傷，一旦相互給予溫度，黑夜也就不那麼漫長且讓人惶恐了。

於是後來，你終於發現在那些跌撞裡，真正刻骨銘心的是在平凡之中，交織而成的小事，不見得要用多麼深刻的經歷去銘記彼此，當每一次失足墜落的時候，哪怕只是片刻守候，抑或幾句微小而有力的支持，都會輕輕把你承接起，成為莫大的拯救。

已經對折了三次的煩惱，究竟有誰會願意來幫忙解開呢？身旁的人總是來來去去，可是當某天回首，始終很慶幸有那麼幾個人，依然停駐在那些觸手可及的地帶，待你停靠上岸、在你需要的時候展開雙臂。

當彼此的默契到了一定的程度時，你會感受到某種特別窩心的感覺——超越無話不談的是不必說出口就能懂的互相陪伴，無關乎時間流轉，彷彿只要肩並著肩等待對方，就能慢慢好起來，即使必須是孤軍奮戰，有人在身後加油，就不怕受傷掛彩。

是無理取鬧還是不善言辭？是不經大腦的叫囂還是孤注一擲的信念？當有人懂你的幼稚、當倔強與頑強得以被體諒，是不是在往後的每一次冒險都能放心去闖？身處雨季不怕濕氣沾染，有陽光的地方就能讓心情晴朗。

依然在身旁的每一個你呀，不知道要如何言明我的感謝，對於始終出借肩膀的大方、對偶爾任性要求的包容。不論後來的天氣是晴是雨，不論未來彼此變成了什麼模樣，如果來日再見，我們還是要明燦如光。

只要還能相視而笑，就依然能互相陪伴，填補彼此的缺口、溫暖對方。

來交換禮物吧

不知道已經多久沒有交換禮物了，記得上回這麼玩是在
某一年的聖誕節，那時我們都還是懵懂的小學生，不懂
禮物背後的重量，只沉浸於拆開未知驚喜的興奮感。印
象很深刻的是收到了量販店販賣的大包裝洋芋片，最後
足足吃了一週才把它吃完。

到了國中，受到班上風氣的影響，特別喜歡送禮以及寫
卡片，一定要寫些肉麻的字句，彷彿那才是友誼存在的
證明。

再到後來，會去思考禮物背後的涵義時，多半已經對友
誼有著自己的見解了吧。當對一個團體有所歸屬、知道
有一群無條件支持你的人的存在，縱使為數不多，也會
覺得滿足而拚盡全力地珍惜，不見得會無話不談，但願
意靜靜地待你途經這段風雨。

也許交換禮物本身的意涵是更甚於禮物的吧？試圖猜測
你的喜好，從那些摺疊於日常的痕跡推敲，正因你從不
言明，所以若剛好「正中下懷」便是默契，相去甚遠也
有一種無可奈何的謎樣驚喜。並不以任何回報做為前

提，只是想很用力、很用力地把感謝與信任傳達過去，
因為想讓你知道你的陪伴帶給了我多大的勇氣。

我們就在此刻留下這樣的約定，約定來日相見時，要連
帶微笑，許給彼此晴朗，回以彼此一份最好的贈禮。

「……幹嘛啦？」

「逗你開心呀！」

「我又沒有怎麼樣。」

「每次你心情不好的時候，臉上就是那個表情，你以為我看不出來嗎？」

在善待這個世界之前，
要先能善待自己

在善待這個世界之前，
要先能善待自己

走進茫茫人海裡需要勇氣，有時候最簡單的方法，便是時常帶著微笑
與明亮。始終不明白是天性好強，還是制約於社會的期待，不知道從
什麼時候開始，你無法彰顯脆弱，只能在某些有安全感的角落，獨自
舔拭著自己的傷口。

有些情感適合獨享，把快樂或傷心用一種極其和緩的方式走過，讓沿
途所有細微的褶皺與壓縮都得以被包裹；有些情緒是難以獨自一人承
受的，當太過肆虐的風雨在猝不及防的時刻席捲、當傷得太重，無力
將自己承接起來，你失去勇氣向外求援。於是只能在浮與沉之間，拚
命地呼吸，慌亂地任由不安把情緒晃蕩成更為洶湧的潮水。

之所以沒能卸下心防，就只是不想再輕易受傷。你害怕一旦予以超越
某種程度的信任，會不由自主地產生依賴，當某一天面對不可抗力的
告別，便會陷入無所適從的孤獨。習慣有人陪伴的狀態，不論後來是

被動留下，抑或主動離開，對你而言那都是不敢想像的情景。所以選擇不去經歷，似乎就不必反覆地適應聚與散。

於是你把所有稜角都包覆起來，竭盡所能地展露自己最好的模樣，在人群裡顯得落落大方，保持禮貌且略為疏遠的距離。一旦不小心與誰過於貼近，在有更緊密的羈絆以前，下意識便會選擇逃離。至於那些你不願讓人有所觸及的黑暗面，就會企圖用嘴角淡然地微揚妝點，以為時間久了，長期掩蓋悲傷的你就能變成一個打從心底笑得真實又燦爛的人了，無奈時光不具有神奇的魔法，有些傷口一直都在，即使刻意忽略，也無法阻止偶然牽動的抽痛與思緒沸騰的滾燙。

你讓表面的快樂成為了偽裝，希望久了之後就能獲得真正的快樂，可是你的心卻始終是封閉的，沒能讓那些哭與笑被抒發，讓保護色成了厚重的鎧甲。那些堅強的體現、不把過於負面的情緒潑灑到旁人的世界，大概也是一種善良與體貼吧？可是親愛的，善待這世界的最好模樣，也許並不是一味地付出。

如果連快不快樂，都已經不是件值得在意的事了，當褪去所有靈魂之外的包裝，又還剩下什麼呢？總會有人真心希望你能開心，願你用一

顆眞誠的心去了解另外一顆心。在善待這個世界之前,要先能善待自己,學會擱置關於離別與否的傷感,在疲累的時候卸下偽裝,安然於此刻的境況。

其實始終需要留有那層偽裝,畢竟那是僅有的一絲防備,只是能不能告訴自己,偽裝再久也是無法抹除或掩蓋些什麼的。不論偽裝與否,我們依然要承載那些靈魂深處的痛,哪怕收拾行李、打包出清,某些銘記的傷口,還是會在某個時刻清晰地作痛。

只是又有什麼好害怕的呢?堅強如你,縱使一路跌跌撞撞,不也在淋雨後堅強地走來了嗎?你要相信所有傷口,都有它能被妥善安置的地方,而偽裝的存在,就是爲了讓你有足夠的力量,在安放抑或消化這些脆弱以前,能在日子的起落裡堅持著。

後來依舊保有天性裡的一絲冷僻,略微疏遠於人群的笑鬧聲,可是你不再刻意拒絕任何人的接近,學會適時地拆解偽裝、安心地予以信任,學會在道別以前,珍惜每一場得來不易的相識與對彼此的懂得。

原來有些還銘記的,儘管含有悲傷,也可以是快樂的。

築一道牆

在大多數的時刻裡，我們學習適度的理性，藉以控制那些時而氾濫，時而匱乏的情感，讓不論身處什麼樣天色的自己，依然可以往復於日常，不至於失去撕下日曆紙的能力。

並不會輕易對誰展露情緒，因為那是一種禮儀，也是一種體貼。但如果那些不斷累積的情感一直被壓抑，終有一天會無法喘息，所以如果在日常裡生存需要戴上面具，也要記得留一處空間讓自己用力地呼吸。

築起一道牆，讓牆內的自己可以肆無忌憚地歇斯底里，可以正當地擁有別人無法理解的情緒，可以任性地卸下所有武裝。牆裡的世界不需要合情合理，畢竟人心本就不是全然地合乎邏輯，也因為可以毫無顧忌地拆解，才得以釐清某些情緒的本質、某些念想的發生以及如何安放才算是對自己誠實。

有一些堅持還沒被輕放，必須一再告訴自己不適合的就無須強求；有一些事情還不能原諒，必須進行重複多次的叫罵。

可是如果試過幾次還是沒能安放，就不要強求自己拋棄堅持、刻意原諒，在牆內的世界裡找個櫃子束之高閣吧！然後任其累積塵埃，看著在壁爐裡不時發出碎裂聲響的搖曳火焰，終有一天會找到合適的意義與註解，將沒能消化的部分細細拆解。

「吶⋯⋯」拍拍你的肩膀，你並沒有什麼回應，於是只好一拍再拍。

「怎麼了？」你轉過身來的表情一臉不耐卻又無奈。

「我是不是沒有跟你說過，能認識你真好？」

只要依然把彼此擺在心底，
就不要怕漂泊於茫茫人海中

只要依然把彼此擺在心底，
就不害怕漂泊於茫茫人海中

其實你還是不想要忘記吧？在成長的過程裡，無關乎獨立與否，或多或少，我們都會想讓心裡住進幾個人，使得那些想要傾訴的得以被安放，或者享有同一種飽滿或匱乏。

可能在牙齒尚未長齊的年紀，有所陪伴不是一件需要努力的事情，下課時一群人頭也不回地奔向穿堂玩起「紅綠燈」「鬼抓人」等遊戲，一句「我們可以一起玩嗎？」就等於互勾小指的信念交換。甚至在某個假日到海邊遊玩，哪怕周遭的人素昧平生，轉眼間就能一起堆沙堡、撿貝殼，踩踏起落的浪花。

想問問親愛的你是從什麼開始，不再輕易地奔向人群，任由太多的顧忌與膽怯流竄，使得自己的步伐停滯了呢？又是從什麼時候開始，我們將祕密埋藏在心裡，學會把朋友依照交情深淺歸納的？在年紀漸長的日子裡，其實對人際關係變得生僻的你，總不自覺地與人群保持距

離，有些卻步卻又不想被人拒於千里之外。

有時候不願陷入太過龐雜的歡聲笑語，因爲必須時常保持笑顏會使你感到略爲尷尬，好不容易有一個人獨處的時間了，卻又覺得自己形單影隻顯得有些落寞，尤其當擦肩而過的人們總是有說有笑，你有些笨拙地想要開口卻旋即陷入沉默。

大概是因爲不善言辭，害怕對話中的空白讓尷尬不知置於何地才好，於是習慣性地離群索居。慢熱如你，很難適應不斷快速更新的人際關係，當朝夕相處不再是理所當然的日常軌跡，又如何在後來的日子裡，學會用另一種方式將渴望的情感延展？

幸好總有某些存在，是自然而然就能變得緊密，讓你相信往後各自奔赴到哪，都能懷有彼此的情誼而不失去。不必刻意擔保也可以禁得起時間的洗鍊，哪怕久久才見上一面，卻仍能擁有不帶修飾的對話情節。

幸好還能安心地放聲大笑、不著邊際地圍繞著近況與往事打轉，因著知道彼此依然安好，就覺得踏實而感激。

縱使你們都不得不面對人世的複雜，努力抵擋蟄伏於周遭的惡意，卻能讀懂兩人話語之間的深意，引領彼此抵擋一次次的傾盆大雨。

平時並不會互相傳訊息，但當有什麼要緊的事，腦海中總是第一個浮現出對方的名字，一通電話就能立刻連繫上，哪怕語帶疲憊卻依然傳出濃厚的關心，那已經是你們的默契。

有些朋友的存在，是為了確立你的相信，相信某些相遇的發生終有其必要性，於是後來的你，才得以了解人與人之間相處的意義。

如果可以，想要永遠擁有這份純粹，把值得銘記的事印刻在眉心，不管時晴時雨，不論身處何地，只要把彼此擺在心底，就不害怕漂泊於茫茫人海裡。

寫給摯友一張生日卡片

親愛的旺：

又有好一段日子沒有見面了，還記得上次見面時的歡聲笑語，走過捷運站旁狹小而擁擠的市場，只是為了吃一碗其實有些甜膩的芋圓冰。

我知道你的生日還沒有到，但突然好想把某些字句傳達給你，所以就容許我提前送出祝福吧！

算了算我們倆相識的日子，到今年秋季就滿八個年頭了，走過彼此青春萌芽的時光，進行過無數次淺白或深入的對話，我忘記初識時對你的第一印象是如何，而回過神時卻早已將你納入至今未曾更動過的摯友名單裡。

國中時我陪你去學務處繳交點名表，共享你快樂或傷感的日常，你陪我度過字最醜陋的時光，認真閱讀我那些現在看來有些刻意的文章；高中時失聯了一小段時間，但感謝高二暑假的備考時光，讓我們有機會又連繫上，並在國家圖書館附近一同念書，記得那時我會帶高中附近的燒臘便當與黑水車的芋圓奶茶來跟你一起分享，至今都還懷念著那些餐點的味道。

從每日見面的同窗生涯、一週見面一次的備考時光，到如今半年才會相約的問好；從很久以前的無話不談，到現在久久更新一次近況，偶爾會感慨聚少離多，沒能在想念時就見上一面，但更多時候依然抱有一顆感恩的心，感謝緣分讓我們在懵懂的時候相遇，於是在變得更懂事的時候，就更能珍惜這份難能可貴了。

記得陪你去醫院複診你骨折的臂膀、陪你去拯救被摧殘的瀏海，才發現不善於記憶的自己，原來也能記得那麼多事情，大概是因為我們經歷得夠多了吧，所以信手拈來都是許多大大小小的歡笑淚水。

好像沒有跟你說過，最喜歡你的果敢，不論是在人際上或是理想上，看著你一步一步地接近自己心目中更理想的模樣，身為朋友的我真心替你高興並且感到驕傲，願你在往後的日子裡都能懷有那份勇氣，我會永遠在你身後替你鼓掌。

二十一歲生日快樂，祝你安康。

FOUR

雙足

·····

關於負向的自我照顧

是想義無反顧地在日子裡前行吧，

不論遇上了多少心碎、途經了多少嚮往，後來卻都成了不想再回望的記憶。

走進一個人的雨季，其實害怕的不是傾盆大雨，

而是濕透的鞋襪與隨之而來的皺褶與黏膩；

光著腳，深怕一不小心滑倒就失去重心，於是每一步都小心翼翼、寸步難行。

到後來才發現，小心翼翼並不是件壞事，即使鞋襪已然濕透，依然能夠負重前行。

「你為什麼要這樣對我？」

「如果你認為是那樣，那就是吧……」

用你的果敢，
輕輕地擋去世上
所有的不善與乖張

用你的果敢，
輕輕地擋去世上所有的不善與乖張

很難時常保有一種正向的態度去面對一整個世界的炙熱與荒涼。

有時候想就此把自己包裹起來，彷彿蜷縮於溫暖的棉被裡就能封鎖日常，想用任性的作為阻擋日出和日落的循環，無奈時間依然催促著鬧鐘作響，無論窗外有沒有陽光，總要逼迫自己迎向新的人世龐雜。

世界並不總是充滿良善與溫暖，例如費盡心力卻換不到認同、周遭的眼光宣判了你是異端、你的喜歡終究無法讓你成為誰的喜歡……面對了太多的不盡如人意，才能明白所有的擁有，都是莫大的幸運，就連那些藏掖在眉眼裡的笑意，都是世間難得的好天氣。

很久很久以前，所謂的現實彷彿離自己太過遙遠，遠到像是那些尖銳並不會真的出現，直到那種彷彿小說裡才會出現的險惡橋段真實地上演，用猝不及防的速度輕易地把你摺倒，才願意承認世界存有黑暗的

一面。不知道是否太過天眞，抑或不願看見人性裡的拙劣，總要歷經幾次跌撞，才不會輕易地落入圈套、有所防備。

大概得經歷過那些足以產生血痕的疼痛，才能切實地理解現實的鋒利，可是同時也是因爲現實如此直白、刺目，反而能徹底地摸清所有緣由——理解那些作爲爲何發生，理解某些黑暗存在之必要。這不是同情、不是原諒，而是理解。

試圖透過對方的眼睛看待世界，或許那並不構成傷害的正當性，卻合理了曾經的困惑。

唯有理解，痛苦才能結束，然後才能是接受、療傷，如果還有餘地，才有機會原諒。

當心裡下著雨的時候，天空會不會也陪著一起下大雨呢？你問我傷口會不會結痂，我只能回答一切都會漸漸好轉。不論得歷經多少時間，總會在後來的日子裡學會理解。

世界把我們刻畫成了表面堅強、內心脆弱的樣貌，卻鮮少有人教會我

們如何療傷。所以我們只能在不斷受到傷害與理解的過程裡，把人性裡那些未曾觸及的黑暗漸漸地補齊，然後用內心的日益茁壯以及依然懷有的陪伴，一步一步學會後來的果敢，讓現實不論再如何殘酷，都無法輕易地把你割傷。

親愛的，如果注定經歷全世界的背離，能不能就讓自己徹底地失落一場，允許自己懷有黯淡與憂傷，然後才得以用你的果敢，輕輕地擋去世上所有的不善與乖張。

哪怕現實是赤裸而血淋淋的，我們也能在逐漸不再天真的成長裡，保有一樣的單純，那是於你而言依然存在的真實 —— 無關世界的樣貌、無關使你受傷的稜角，而依然願意相信溫暖與良善的真實。

後來在逐漸寬廣的視野裡，你得以在步履不停的變動中，保有一種真實的姿態，哪怕日子偶爾肆虐著風雨，也願意用一顆真心去闖蕩，所有的雨淋，也終會使你茁壯。

把棉被拿去晒晒太陽

你也喜歡晒太陽嗎？在早晨陽光還沒有太過刺目時照射在臉頰上，那種綿密而鬆軟的感覺總使人心情舒暢，對於世界起初的認知，大概就是這種感覺吧？

直到開始讀懂空氣裡微妙的氣氛、話語裡的弦外之音，聽見流言蜚語與事實的落差，才漸漸認識世界的廣大。原來錯綜複雜的關係裡並不只存在陽光，這當中，塵埃無處不在地飄揚著，偶爾會途經此起彼落的喧囂。

並不知道從哪一個面向看到的才是全貌，從哪裡捎來的消息是沒有經過有意或無意地改寫。沒有那份勇氣能義無反顧地前行，因為觸碰真實的過程本就令人退卻，畢竟意料之外的事情大多都是失望的結果，可是若永遠只看著事物最美好的面向，是不是代表自己真的長不大？

沒能恆常懷有晴朗，在後來的日子裡似乎早已習以為常，但如果真的十分渴望晴天，那就趁晴朗的時候，儲存一些陽光到鬆軟的被褥裡吧！那樣的話，在下著雨的日子裡，就能相信放晴的好日子依然會到來。

儘管有些真相太過傷人，接近真實也從來不代表事物的

本質就是純然的醜惡，也許表淺的關係裡依然存有善意，也或許背叛的背面是某種保護與武裝，看見真實並不一定要全然地割捨從前的角度，只是需要同時要懷有新的眼光。

下一回遇上好天氣的時候，就晒一晒棉被吧！連帶陽光，仔細地拍打每一個角落，那會使你記得自己良善的真實，來日與另一種事實碰撞的時候，也要依然懷有那一種眼光。

「怎麼了？」

「總覺得生活好像沒有什麼變化，也沒有什麼希望感。」

「我懂那種感覺！找不到前進的意義和動力，就好像迷了路那樣。」

某些境遇與日常，
終會在你的靈魂裡留下深刻的印記

在各自的生涯裡闖蕩，懷有屬於自己的波折與碎浪，我們都曾迷失在某個黑暗的角落，因為生活裡千百種難以逃脫的束縛，找不到一處可以安放所有的徬徨失措。

有時候生活是這樣的，你越是抗拒，就越是難以掙脫那些關於難以言明的沉重、無法說出口的情緒迴圈。

迷路的時候，總是沒辦法找到生活的意義。你知道世界有太多種方式能令你失去某事物，而遺忘大抵太過艱難，於是快樂始終無法被忘懷、憂傷始終沒能被放下，捉不住的流年消失於略為張開的指縫，想要緊握，卻連同溫度一併流失而無法擁有。

找不到出口，就好像厚重的烏雲在不自覺時遮蔽了太陽，你竟沒能找到任何慰藉，於是失去了追尋的意義與解答，也失去了向前的動力與

對自己的精神喊話，你說不清那是怎麼樣的一種狀態，不明白是不是因爲變脆弱了，所以才提不起勁做任何事情，只能在偌大的床上將自己蜷縮成一團，披著被單，任時間走踏。

你知道周遭的聲音大多都是出自於好意，可是當每一個陪伴都想要成爲指引，太多方向與不盡相同的見解，反而越讓你迷航。在逐漸習慣迷路的日子裡，你得以與原地打轉的自己共處，學會接納不上不下的狀態，不讓不安占據自己的心房，也學會不急於尋獲答案，而是以和緩的步調行走，盡可能地延展觸角，企圖用更爲寬廣的視野替自己解答所有困惑。

曾經，有人告訴過你要好好地守護單純，可是不知道從什麼時候開始，龐雜的人世早已令你漸漸動搖。故事始終太過繁複、情節太過紊亂、微笑太過勉強，大多時候，某些對白的發生是身不由己的，你想要說服自己其實過得很快樂，卻又沒能理解日子裡的意義與飄揚在晴雨裡的念想，當無法沉浸於生活延展的每一刻，很容易就會麻痺。

失去感受就如同失去了顏色，於是時間的流逝彷彿凝滯了，而且逐漸被掏空著。

所以親愛的，當破碎的日子太過複雜、迷失在路口找不著方向時，能不能允許自己相信所有情緒的誕生都有其理由，而那些紛來沓至的到來與猝不及防的無厘頭，雖然未必都有明確的意義，可是某些境遇與日常，終會在你的靈魂裡留下深刻的印記。

慣性的不可思議之處在於，有時候看來微不足道的，其實都有可能成為後來的莫可失去。

當願意賦予所有途經的事物意義，哪怕再怎麼不明所以，都是一種對生活的詮釋。於是，這樣跌跌撞撞又偶爾感到迷惘的日子，也終於算不上是得過且過了。如果遇見一件值得開心的事，就請毫不猶豫地在日曆上畫一個大大的笑臉，讓得來不易的溫暖能被好好安放；若碰到太過疲累的時刻，就允許自己放下一路的武裝，傾倒在某個肩膀上，洗刷你的脆弱。

你不知道自己懷有多麼巨大的堅強，以及在淋雨後，可以擁有多麼強大的力量。在拾起心的所有碎片之後，也許拼湊起來的樣子不再如初時完好，可是終歸是完整的狀態，亦能在後來的理解中，學會溫暖地發光。

大概是另一種單純吧，縱然知道人世複雜、知道或許會受傷，可是卻同時明白自己終能在淚眼裡璀璨成花。

那是關於在太陽熄滅它的火光以後，還能是一盞明燦的燈，做自己迷路時的指引，讓所有徬徨都能有被安置的地方。

小任務　**在月曆上貼貼紙**

覺得徬徨的時候，總是沒能看清生活的意義，如果並不擅長對生活下註解，那麼就從簡單的事情開始吧——解釋自己的情緒。

可以到文具店買不同顏色的圓點貼紙和一本小冊子，為不同情緒做標示，也可以順道買下幾個特別的圖案款式，用以標注值得記下的日子。

然後在每天洗完澡，把自己丟入鬆軟的床鋪時，簡單地回想今天發生了什麼特別的事情，有著什麼樣的情緒反應，接著再想想對於產生那樣反應的自己，有著什麼樣的感受。

或許對你而言，那是尋獲生活意義的開始。從比較平和的角度去看待產生不同情緒反應的自己，試圖客觀看待，偶爾以感性理解，無論如何，再次觸及那些情緒的時候，總能發掘當下沒能注意到的事情，像是快樂裡是否摻雜著喜歡？倔強裡是否摻雜著膽怯？憤怒裡是否摻雜了悲傷？反感裡是否摻雜了嫉妒？

此時，你可以將圓點貼紙貼在小冊子上，並在空白處下簡單的註解，試圖釐清情緒背後所潛藏的隱喻，才得以看到更多不同層面的自己，也因為了解而懂得更為精準的渴望，從中萌生出新的意義。

希望日子是如此運行的——從迷路開始，理解為過渡，以新的意義再出發。

「你想跑去哪裡啦？我找你找很久耶！」一邊在路上小跑步，一邊搜尋你的身影，當我找到你時已是氣喘吁吁。

「想到沒有人找得到我的地方啊，雖然我知道你一定會找到我。」

你倚靠著欄杆沒有轉過頭，影子在夕陽下被拉得很長，很長。

「那要是我真的找不到你怎麼辦？」

「那我就可以真的展開新的生活了呀！」你小聲地咕噥著，音量幾乎被風遣散。

當有一天
你能打從心底不再追究，
那才是徹底地釋懷

當有一天你能打從心底不再追究，
那才是徹底地釋懷

總是不曉得要以什麼樣的姿態和心情，讓「離開」輕巧地發生。從鼓起勇氣決定，到真的轉身前行，不論在什麼樣的場合裡，所歷經的告別，於你而言都是意義重大的。大抵是太過了解聚散無常，反而在面對離別的時候強迫自己理性，無論是早有所準備抑或猝不及防地走到終點，從將要結束到真正結束的分野，其實還是會讓人感到如夢似幻的。

「就這樣結束了嗎？」當沒能從上一個階段真正地走出來，很多時候會這麼問自己。依然會在許多時刻選擇不斷地倒帶，因為走進人群從來就不是一件容易的事情，從略為羞赧到落落大方，再從落落大方到無話不談，其中最難能可貴的，便是真心相待。一同經歷過幾次狂風暴雨，把某些人厚重的烏雲都遣散，也曾一同腳踩碎浪、看著柔和的夕陽，說好明年還要一起踏上同一片海灘。可是事實卻是一旦離開、一旦不再具有不可抗力的理由做為你們的羈絆，哪怕再怎麼看重彼此，都沒辦法像從前那般時常笑著談天，離別時毫不猶豫地說明天見。

離開表徵的意義是脫離了某一種狀態，也代表曾經辛苦積攢的事物都有可能因此分崩離析。但幸好有些連結一旦建立，就不會再隨著無常被消解，如果沒能恆常停駐在彼此的生活，便用最為真誠的祝福做為陪伴，在不具特別意義的日子碰上一面，依然能繞著無關痛癢的話題打轉，不著邊際地確認彼此的安好。若是關於情感，很多時候儘管你切實地知道自己當時的狀態有多糟，做了某些決定會變得更好，可是在離開的當下，多半還會抱有不捨，還是有太多沒能遺忘以及心緒起伏沒能被妥貼地安放，於是帶著沒能找到解答的疑問，跌跌撞撞地走向下一處遠方。

大抵還是會覺得自己不夠果敢，沒辦法一轉身就不回頭、離開就不牽掛，可是當決定要離去，那便等同於你開始願意去學習與自己相處的日常，因著這樣的練習，在往後的日子裡就能不輕易迷航，不再計較不存在的勝負。也許偶爾會試圖理解，為什麼走到最後竟是無法可解，始終無法推敲出一個足夠滿意的解答。關於是否離開，你知道真正重要的並不是一個足夠完美的答案，而是當有一天你能打從心底不再追究，那才是徹底地釋懷。

後來終於能鼓起勇氣好好地道別，儘管步履緩慢，卻能堅定著每一

步，踩著細碎的步伐遠走高飛。理解離開並不代表必然地失去，也不代表全然地歸零，似乎就沒有那麼難以接受了。也許偶爾還是會陷入思緒的漩渦，還是會心有不甘，可是你終於願意走進下一個階段，在新的相遇裡等待新的花火與盛夏明燦。無關乎後來的天色是否晴朗，至少此刻的你，願意相信出走以後，終能換來一片蔚藍。

小任務 **回歸日常的一週手札**

Day 1

沒有特別感受到「離開」這件事已發生，保有舊的生活習慣，暗自慶幸沒有感受到想像中那清晰的痛楚。

Day 2

「嗯，我離開了。」

理智上明確地意識到了這一點，物理上相聚遙遠的概念終於被正式建構，太多時候呈現手足無措的狀態，只能一味地要自己好好生活。

然而什麼是好好呢？其實自己也不知道。

Day 3

「其實是你離開了吧……」

聽到了熟悉的音樂、經過了熟悉的街道，日常的觸目所及始終擺脫不了有關於你的事情，還是常常在想到有趣的事情，猛然抬頭想與你分享，那一刻，才意識到你早已不在身邊。

不知道你現在的日子是什麼模樣，而我只能編織著漫無目的的碎片，猶豫著哪些扎心的習慣應該保留，而哪些又應該丟掉。

Day 4

刺痛的感覺依然持續存在，但好像稍微能夠適應，也終於學會如何呼吸時不過度用力，才不至於在肺部膨脹的同時，壓迫到傷勢嚴重的地方。

還沒能將那些傷口的細節用言語具體地描述出來，只能用力地封鎖所有與你有關的事情，知道必須找誰聊聊，但現在還沒有準備好。

Day 5

終於可以組織話語或是文字，慢慢地訴說著傷口的情況，雖然還稱不上是雲淡風輕，也不能說是毫不在意，

可是終於能握有一絲渺小的勇敢，向誰傾吐著本來沒能言說的事情。要好好犒賞自己積攢了那樣的勇氣。

Day 6

生活開始有了繼續流轉的感覺，早晨的日光如舊、路過的車水依然嘈雜，一直以來過度膨脹的內心終於能再度容下新的事物。

不知道會不會有新的遇見、會不會再次受傷，只想在還能前進的日子裡用力地感受、累積新的習慣、把自己照顧好。

Day 7

這樣算不算已經釋懷了呢？偶爾覺得念舊其實也挺好的，可以神色自若地談及你的事情，走進那些與你有關的回憶。

會為自己當初的傻感到好笑、會為你偶爾的乖張感到荒唐，可是多數閃爍的花火都映燦著不容許丟失的光，某個因為你而存在的部分依然收放在左手邊的口袋裡，成為歲月的印記，提及時會感到自豪的印記。

後來真的可以真心祝願你能安好，也終於能安然地離開，在各自的人海裡流浪。

「好想來一場世紀大壯遊啊！」

「那你就去呀！」

「可是我還沒有那份勇氣，也不知道要怎麼出發。」

「不然，就先從流浪開始練習好了。」

我們不也在跌撞的日子裡，
慢慢地認識這個世界嗎

在還沒能走進繁雜的人世之前，我們都曾感嘆於世界之大，哪怕懂得太少，卻願意用不怕跌撞做為籌碼，試圖用自己的力量整理行囊，在不知目的地是何處時，就已迫不及待地出發。

歷經一場遠征而抵達他處的流浪，不論是心理或是生理上，似乎早已是銘刻於年少歲月裡的念想，只是初時的你是憑藉著勇氣，用一股磅礴氣勢橫衝直撞。你知道那種充滿希望的感覺，但卻不知哪裡來的果敢與自信，認為彷彿做什麼事都會成功一樣。

因為還未曾受傷，所以就能義無反顧地去闖蕩。

年少輕狂的難能可貴之處大概就是這樣吧？哪怕周遭的對白是全然的陌生，也能傾盡所能地融入，即使格格不入，也要固執地一試再試，無關於後來的認可與否，只是害怕錯失任何一種收穫的可能。

其實我們不也在跌撞的日子裡，慢慢地認識這個世界嗎？一步步地延展自己的觸角，在開闊視野的同時，被某些現實的尖銳磨去稜角，試圖說服自己遇到的情況都是最好的，經歷了某些相遇與心碎，於是得以在年歲的過渡裡，變得更為柔和而堅強。

有時在流浪的過程裡會偶爾迷航，因為某些轉變的想法，抑或過度深陷的執念，而暫時找不到所謂人生的意義與理想。那是一種深刻而匱乏的感覺，就好比你明明知道世界有光，卻照不亮周遭的任何一角，努力地睜大雙眼想要看見些什麼，觸目所及的卻是一片黑暗的視野。

在一開始找不到方向的時候，是會讓人相當惶恐的，因為並不能習慣失去掌握的日子，所以只能無法控制方向地原地打轉。可是當能嘗試接受自己此刻的樣態，試著安撫那種莫名的焦躁感，你就會發現那樣的日子，其實是可以更了解自己的時機。

有時正因沒有任何信念、無所遮蔽，才能輕易地直達內心深處，聆聽那些未曾浮現的想法與聲音。

流浪於找不到光的道路時，所有的途經都會變得純粹，因為不抱有目

的地前行，所以全部的風景都會成為意料之外的獲得。當能夠明白存在本身就是一種莫大的幸運，哪怕在沒有方向的日子裡擺盪，所有的經歷，都會是往後值得細細品味的記憶。

不是實際去一個遙遠的地方，才算是真正的流浪。流浪的意義在於，你願意依循著自己的腳步，整理一路上的所見所聞，然後因著那些或深或淺的共鳴以及突如其來的體悟，把羽翼漸漸茁壯成得以好好生活的樣子。之所以能看見世界的浩瀚，就是因為你願意踏出舒適圈，用自己靈動的雙眼，去探看每一個故事的緣起與波折、譜寫靈魂深處的情緒細節與轉折。

你必須從困頓裡尋找解答，在走晃一回後，告訴自己沒有問題的，然後找到一個方向再出發，也因為這些旅途裡的經歷與獲得，在往後追尋裡的未知，似乎就沒有那麼令人惶恐了。很難把一個目標做為恆常的理想，若奔赴的意義注定是在抵達後確立，那麼，憑藉著流浪的信仰，你也能一次又一次地到達更遠的他方。

趁年歲正盛、還不輕易投降之時，試著讓自己理直氣壯地浪跡天涯，終有一天，你會尋獲某些指引與燈塔的光亮。

隨機看一場電影

也許是假日的慵懶早晨，也許是某個突如其來空缺的午後，如果有段漫無目的的日子，就允許自己驅身前往電影院，看著琳琅滿目的電影列表，列下合適場次的電影清單，並用抽籤的方式決定要看哪一場電影。

也許是唯美的愛情文藝，也許摻雜了歌劇的成分，也許是驚悚的鬼怪，也許是溫馨並附有成長價值的動畫，不論自己是否對抽到的電影有所興趣，就先抱著平靜的心情欣賞。

做出無法預期結果的決定，本是一種冒險與賭注，可是，無關結果的好壞、不抱有任何設想去接納事物的本身就是一種收穫，因為那會使得你更為了解自己，不論是喜歡抑或討厭，都是在嘗試之前所沒能輕易想像的。

於是，走出電影院的你，也許會因為還未走出情節而把自己沉浸於某種情緒，也許會突然想起某句對白而噗哧一笑，也許懷有滿腹的心得而捧著手機記錄下來。

也於是，你漸漸懂得破除循環的一種方式，是刻意讓自己陷入未知的境地，漫無目的本身並不需要被貼上負面

的標籤，去進行任何一場與結果無關的流浪，都是一場深刻的旅行，也會漸漸地遠離匱乏，是一種勾勒自己的方法。

在還沒任性地流浪之前，就先從一場未知的電影開始吧，也許不會是自己喜歡的電影，卻有機會滿懷飽漲的情緒而讓眼底閃閃發光。

「你會不會覺得我很麻煩？」

「怎麼突然這麼問？」

「因為我覺得自己什麼都做不好。」

「那是因為你都只看向自己不擅長的地方呀，一定有某件事情，

讓你在做的時候會覺得自己閃閃發亮的。」

只要傾盡所能地抵達遠方，
那便是自己所能達到的最好

只要傾盡所能地抵達遠方，
那便是自己所能達到的最好

我們都有過好強的模樣，在孩提時代夾雜著笑聲擾攘，那時只要乖乖地完成作業，便能拿到老師的小蘋果獎章；考試得到高分，便有棒棒糖做為獎賞。

是從什麼時候開始的呢？你逐漸意識到有些差距似乎不是用努力就能補縫的：第一次花了好幾個晚上準備的考試依然不及格、第一次用一整個盛夏學游泳，卻還是會在換氣時被水嗆到、第一次如此渴望緊擁，卻被委婉地抽離臂膀。

曾傷心失落，暗自質疑著世界的不公，不小心用略為嫉妒的眼神凝視周遭的人潮。你總想著是不是只要再努力一些，就能抵達與別人同等的位置，可是越是追逐，就越會發現某些無法跨越的鴻溝，於是會更加切實地感覺到自己的渺小，如同隨風飄揚的塵沙，不是用力逆風就能輕易更動方向。

人是喜歡比較的生物，總莫名執著於名次的優劣上，可是一旦有了比較，就變得容易受傷，畢竟難以在所有可供測量的向度裡都是最好的。

第一次看見世界之大，是因為終於有勇氣走出自己的舒適圈，但也正因為世界很大，你才得以明白自己不會是凡事的主角，於是在銳利的現實裡，體認到自己的單薄。

其實不管如何努力地變強大，只要比較的心態依然存在，大抵就很難擺脫時常覺得卑微的狀態。哪怕真的登峰造極，你都會惶恐於有一天會被再度超越，於是持續背負著沉重的匱乏，找不著一處好好地安放。

親愛的，如果我們能夠將自己的價值定義在所擁有的，是不是就能稍微感到富足了呢？不是予以自己一切安好的假象，而是好好地了解自己究竟能做到什麼樣的程度、擁有多少、堅定腳步走到何方。只要傾盡所能地抵達遠方，那便是自己所能達到的最好，然後，你才得以心安理得地處於那樣的狀態。

感到微渺，是因爲覺得太多事情過於無能爲力，也依然在很多時候感到自卑，可是那並不表示我們的生活注定黯淡而失去顏色。也許無能爲力是種必然，可是若接受這樣脆弱的自己，才會明白已擁有的是何其珍貴。

還是要爲一路上漸漸成長的自己感到慶幸，能夠遇上幾場盛大的相遇，知曉自己的脆弱，擁抱所有的好與不好，進而踏上變得更爲堅韌的旅程。哪怕世界仍舊很大很大，我們也依然必須奔赴某個掛念的遠方，也因爲旅途上擁有愛你與你深愛的人相互陪伴與成長，才可以在歲月裡把自己刻畫成越來越好的模樣。

偶爾仍然感到沮喪，在特別不順遂的日子裡感受到自己的渺小，可是你漸漸地不再懼怕，因爲知道只要傾盡所能，便是自己的最好。後來依然如一粒塵沙隨風飄揚，可是你決定跟隨著第一道揚起的風來堅定方向。

你要向全世界宣告，哪怕是如此微渺的自己，也終有一天能抵達所信仰的遠方。

找出自己想要專精的事

總是在自信心不足的時刻，感覺到自己的渺小。如果老是害怕落於人後，就找到一件自己想要專精的事情，然後以不緩不疾的步調，穩穩地向前行吧！

對我而言，寫字就是這樣的事情。雖然當初開始熱中於寫字的契機，是國中國文老師委婉地告知我的字跡有些潦草，也常常羨慕好朋友們的字都非常端正好看，因而開始練習寫字。

可是在漫長的寫字歲月中，我漸漸發現其實自己所追求的，原來並不只是把字變得好看而已。

從起初模仿喜歡的字體開始，看到明顯進步的字跡而覺得踏實，認為自己正在前進的道路上，可是也會不時感到空虛，彷彿前行的步伐搖搖晃晃、依然欠缺穩住太過匆忙的紊亂步調。

後來理解那種空虛感是源自於比較，畢竟模仿是再怎麼用力也無法超越本尊的事情，一旦試圖比較，就會落入覺得自己不夠好的境地，連正在努力的自己都漸漸令人生厭了。

後來便不再模仿了，而是在一次次的書寫中慢慢摸索，
試圖把每個字寫成自己喜歡的模樣，於是每一次的嘗試
都成為了一次擁有，不必去徵求誰的喜歡，也不必陷入
與誰的比較，最後，寫字成了專屬於自己的事情，這也
才穩住了前進的步伐，真心地為擁有而感到富足，在感
到微渺的故土裡催生出驕傲。

「好羨慕你都知道自己以後的方向，我都不知道自己要幹嘛。」

「其實我覺得還不清楚也挺好的呀！」

「為什麼？」

「因為那允許了很多可能性的發生。」

有所前進，
就不怕歲月辜負了
你的初衷與渴望

有所前進，
就不怕歲月辜負了你的初衷與渴望

我們都曾說好要與誰一同流浪，在想家的時候做彼此的依靠。初次許下一個遠方的時候，總有著不知由何而生，特別壯大的果敢，彷彿只要意志足夠堅定，不論路途有多長遠而艱難，都將順利地抵達後來的嚮往。

在交錯的日子裡行走，想法與見解總不斷地更新，始終無法知曉自己會不會在一夕之間長大、會不會尋獲一個更為契合的理由讓自己出航。找尋生活的意義其實並不容易，只是在大多數的時刻並不刻意地設想。如果可以，對於生活要擁有怎樣的奔赴與嚮往，就交由自己去定義，不必讓誰成為你的綑綁。

思來想去，其實所謂奔赴，似乎也不必得要莊嚴而盛大。有時只是單純想要找機會去海邊踏浪，複習一回海闊天空是如何湛藍的模樣；也許是要自己真心地祝福錯身的誰，可以安穩地抵達你們曾許諾給彼此

的晴朗。一場奔赴就如同許下一個願望，只是額外有一種自己創造命運的使命感，或疾或徐，你都要看見自己一步一步前進的模樣。

在烈日過度曝晒或大雨太過猛烈的時候，那些太過洶湧的情緒總是很輕易地就把生活平淡的意義給遮蔽了。很多時候，你都不禁想問問自己：這真的是我想要的嗎？如果所嚮往的奔赴有其價值，為何又如此輕易地陷入迷惘？

有時走進太過濃厚的情緒裡，便會鑽牛角尖而找不著方向，若沒能掌控情緒的深度，便會反過來被挾持。要讓自己的腳步堅定於同一個方向並不容易，可是我們終需學習——學習解答過程中所產生的質疑；學習在千百次冒出放棄的想法之際，鼓勵自己還可以繼續前行；學習在好與不好的狀態，都擁有一個始終如一的他方。

你知道在那些或大或小的奔赴裡，並不存在著絕對的價值衡量，有時完成一件看起來微不足道的小事，都是於你而言意義深遠的抵達。只有自己知道怎樣的流浪才不算迷航，而迷航的時候又如何導正航道。不論是否跟隨北極星指引的方向，有所目的地，你終會明白自己身處何方。

這大概便是奔赴的意義：了解你現在的模樣。很難恆常維持在相同的狀態，卻因爲能有所嚮往，所以反反覆覆地修正著自己，一步一步地靠近理想。至於後來是否能眞正抵達，似乎已經不是那麼重要了，當你嚮往著海洋，你就應該珍愛自己沉溺於湛藍的模樣；當你期許自己做一個更爲溫暖的人，請別擔心，你早已擁有了柔和歲月的力量。

信念是種不可思議的魔法，當你下定決心奔赴時，就已先形塑了某些特質，哪怕還沒能安穩地抵達，也會使你先成爲了自己更喜愛的模樣。在這過程裡慢慢行走，也許旅途漫長、偶爾感到困頓而疲乏，但親愛的，就先相信自己早已變得更好更好吧！有所前進，就不怕歲月辜負了你的初衷與渴望。

也許還是會在特別失落的日子裡，質疑著選擇的方向，可是你理應明白，所謂的「好」，本來就存在著自己可以定義的空間。當別人都用盡全力翱翔，若你不熱中於高空的冷冽與視野的寬廣，又何必苦苦企求一雙健壯的翅膀？如果可以，就忠於你的初心，聆聽最原始、單純的渴望，因爲那並不是一種不夠成熟的表現，只是在尙未向現實妥協以前，爲自己勇敢一次的行爲。

你知道自己值得擁有這樣的機會、值得一次義無反顧、值得以初衷做為後來的抵達。

實踐一個小目標

決定要成為一個什麼樣的人，在日常的瑣碎面前似乎是件太過遙遠的事情。不去設想這個問題，也許是因為潛意識裡我們已習慣交由別人做決定，不小心把誰的期望當作是自己的、把誰的尚未抵達當作自己的遠方。

只是啊，對於那些後來發生在自身的種種變化，其實只有自己可以負責，如果初時不是你的決定，恐怕會成為某些關係碎裂的原因。所以，在漫長的歲月裡，我們終要慢慢地了解與釐清，勇敢地為自己做決定，如果還沒能確切地找著一個方向，就先從小小的目標開始吧！

我給自己的目標是學習日文，一方面是喜歡日文與其發音，另一方面是去了日本旅遊幾次都覺得有語言不通的障礙。

為了達成這個目標，我翻出家裡塵封已久的空中日文教

室課本，一天天摸索著單字與文法，佐以日劇與動漫培養對於日語的節奏與語感。

在學習的過程中不免會遇到種種挫折，也會有感到匱乏與倦怠的時刻，然而這就是一種奔赴的過程，畢竟我們總偏好於保持一個恆常的狀態，驅使自己產生變化，本就不是件容易的事情。

最重要的，大概不是目標後來是否確實實現，而是沉浸於實踐的過程裡。試圖包容每一種過渡裡自己的樣貌，而不惶恐於靠近未知時，那種無法全然掌握的失重感。

並不知道往後的日子會發生什麼，所以就先相信此刻的你正前往更好的地方，從一個小小的地方開始，很自信地告訴自己：「原來我也可以做到！」

「你覺得如果一直努力不去傷心，會不會就真的可以成為只有快樂的人？」

「如果需要努力的話，就不是真正的不傷心吧？

感覺像是壓抑某部分的情緒，拋棄某部分的自己……」

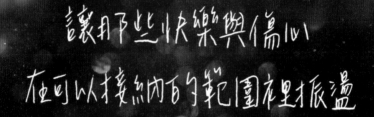

讓那些快樂與傷心
在可以接納的範圍裡振盪

你不記得初次見面時具體的細節，可是某些聲響、感覺、片段卻深深地刻畫在你的記憶裡。

後來只要碰上午後伴隨雷聲的大雨，都會讓你有種格外熟悉而渺遠的感覺。其實你也無法說清那時發生了什麼事，只依稀回想起傾盆大雨、體溫過高的熾烈以及淋濕的左半肩。如果說自始至終未曾改變的，大抵是你依然保有的善良與溫暖。

也許是當初太過青澀，你並不善於隱藏自己的感覺，初次心跳砰然是難以招架的，就連略為靠近的距離都能讓你臉頰發燙、胸口灼熱。當時的你並沒有太多的顧忌，也不怕受到太深的傷害，一心只想用義無反顧的執念加深彼此的回憶。

於是，你第一次讓一個人的喜怒哀樂如此牽動著自己，他每揚起嘴

角，都會成爲你往後想收藏的風景，他的不快樂亦成爲你加倍難過的事，哪怕並不一定與你有關。你想脫離，卻也無從改變這重束縛。

當兩顆心太過貼近，便注定有相互碰撞的命運，愛得澎湃迭起是一件浪漫的事情，可是親愛的，當這份愛變得太過揪心，我們是不是該問問自己，是否偶爾要留點距離讓彼此喘息？

不會因此失去往昔的貼近與關心，而是適時掌握彼此之間的遠近，練習獨自消化偶然的傷感，你要你們變得越來越好，做對方的依賴，也因爲知道雙方在後頭支撐著而越來越堅強。

依然很喜歡、很喜歡一個人，只是在此同時，你不能忘記自己也是如此值得被喜歡著。畢竟親愛的他，也捨不得你沒有把自己照顧好啊！你的完整並不是因爲兩人同時存在才得以圓滿的，關於愛到深處的空隙，有些傷痛你們可以一起走過，但請容許他不爲你太過難過，因爲那是另一種深愛著的證明。

後來的你，一路跌跌撞撞地走到了現在的模樣，其實很難眞正察覺自己究竟有什麼具體的變化。畢竟多數的改變都是相當和緩而連續的，

在很多時刻，你無法感受到切實的落差，但至少在那些尚具紀念意義的日子裡，還是能接受時間為生命所帶來的、若有似無的贈禮，例如變得更加開朗又或者是學會勇敢一些。

至於那些突如其來的變化，在沒有任何徵兆出現的情況下肆虐席捲，往往讓人猝不及防。太過劇烈的情緒變化是危險的，但有時現實便是如此地銳利與殘忍，不是每件事都能擁有足夠的時間去做心理準備。也因而在太過傷心的日子裡，輕易丟失了一些什麼。

停滯於一個狀態太久，若不願面對及嘗試做些心態上的改變，只任由感官麻痺，久而久之，便會失去回歸最初狀態的能力。

抹煞了某種情緒，就如同丟失了一部分的自己。

還是希望在日子的跌宕起伏裡，學會保有一個比較平穩的狀態。如果可以，讓那些快樂與傷心在可以接納的範圍裡振盪，在能賦予每一段經歷一個意義的同時，不陷入某種不可逆的荒涼。

如何懷有而不失去，不是件容易的事，可是若能堅信每一個片刻的發

生都是其來有自，是不是就能覺得好受一些？

意義是人所賦予的，你能決定經歷帶給自己什麼樣的價值，重點不是在這過程中有多失重、沉痛，而是在後來，你以怎麼樣的姿態懷有這份過往。

一切終將過去，可是記憶與感覺卻會留存。

拼一面拼圖

其實並沒有很多次拼拼圖的經驗，可能是因為不擅長整理圖像，看著碎片零亂地散置在各個角落，只會覺得思緒亂成一團。如果説是為了什麼理由而拼的話，大概只是因為倔強的好勝心吧！覺得自己沒有理由做不到，於是儘管笨拙緩慢，也一定要設法拼湊出來。

不得不説，剛開始拼湊時是一陣兵荒馬亂，只能先找出拼圖的四個角落慢慢擴展，並在一片一片拾起、比對、擱置的過程中摸索與思考。

在雛形逐漸被建構出來後，隨著拼圖的圖樣越來越清晰、找出正確位置的速度也越來越快的過程裡，那些煩躁與困惑竟也在不知不覺中，悄悄地消解了，等到意識過來時，早已剩下滿滿的喜悅與興奮，迫不及待想將最後一塊拼圖嵌進那形狀相符的空缺。

其實對於我們的內心，那些過往所形成的紛亂、迷茫的記憶也都是如此的吧？不允許任何一處的缺失與遺棄。哪怕有些碎片是一旦回想起，就連呼吸也會生疼；哪怕有些困惑仍像迷霧一般繚繞，一旦割捨了某個部分，彷彿就不再是完整的自己了。

「你今年要去哪裡跨年啊？」

「待在家吧。每年都差不多，難道你不膩嗎？」

「不會啊，就算是去一樣的地方，也是不一樣的自己了！」

而且身邊的人也不一樣了，果然還是想做點什麼吧？

再怎麼深沉巨大的憂傷，
也終有漸行走過平緩愛的時刻

08

再怎麼深沉巨大的憂傷，
也終有漸趨平緩的時刻

在那些天色晴朗的日子裡，扣除心情特別潮濕的機率，大約有七成的機會覺得世界看起來是美麗的。能在一抹碎灑的陽光下醒來，再微微地伸個懶腰，把蜷縮的每一處都延展、曝晒，是一件多麼幸福的事呀！哪怕略為刺眼，都能打從心底覺得生活是充滿希望的。

你知道心情好的時候從來不需要理由，可是如果恰巧發生一件值得高興的事，那便足以成為一次渺小而偉大的奇蹟。例如湊巧趕上一班公車、例如上繳最後一份期末試卷、例如那年盛夏的一場遇見。你不知道懷有怎樣的感激，才能湊巧撞上這樣簡單卻得以延續的好心情。

但是徹底開懷幾回、途經幾次似乎有些喧鬧的笑語後，你突然意識到，這些飛揚的燦爛是何其短暫。就像是場錯失於指縫的流星雨、不再冰涼的檸檬愛玉，快樂似乎是有所期限的，過了適當的保鮮期，哪怕事實還未變質，就已先褪去了那種禁不住堆積的笑意。

那是你漸漸變得患得患失的原因：惶恐於快樂。始終找不到一種恆常盛放的姿態，可以像浪潮那般終年輕輕拍打沿岸，有時你不禁想，既然永恆無法存在，那追尋短暫的快樂又有什麼意義呢？

至於那些懷揣傷心的日子，則與天色晴朗與否全然無關了。有時候總會有那樣的衝動，想逃離全世界，在沿海的某個地帶任海風揚起髮絲，盡可能地不讓任何過度張揚的思緒流竄，必要的時刻毫無保留地大吼幾聲，願那些念頭如同浪緣的泡沫得以快速消散。

難過也是可以依照等級劃分的，若是一個無聊笑話就能把你逗樂，就不需要擔心得太多；若是睡上一覺便能感到和緩許多的，也是堅強的你能夠獨自消化的；可是當拿出了「殺手鐧」，像是加了棉花糖的熱可可，也沒能讓你破涕為笑的話，大概就是連呼吸也都會覺得疼痛的難過了。

如果遇到無法獨自隱忍的黑暗，親愛的你呀，就不要如此好強地硬撐吧，適時的坦率也可以是另一種成熟，學會依賴，也才不會那麼輕易地遍體鱗傷。你要明白，適應傷心的能力也是講究經驗值的。如果你能學會輕柔地繞過這些或大或小的傷心，見識過越多的憂傷，便越能

懂得如何療傷，然後熱可可或許就能束之高閣了。

如同快樂無法恆常地留存，再怎麼深沉巨大的憂傷，也終有漸趨平緩的時刻，我們所要做到的，就是努力讓自己一步一步地前進，將腳步朝向變好的方向。你必須明白，心情的起落本身就是一種循環，也正因為所有的情緒不會恆常存在，當下那份感受的鮮明才具有無可取代的意義與價值。

往後的每一刻，都會以一種相似而不同的狀態存在。你再也不可能遇上同樣的經歷，笑出相同的酒窩深度、流下鹹度相同的淚水。可是你的感受始終是在以喜悲為兩端的光譜之間徘迴。因為有了循環，你才得以明白自己步履不停，不會永遠停滯在某一種狀態，而你可以用往後許多不盡相同的感受與成長的樣態，去累積新的意義，在舊的足跡疊上新的旅程。

關於四季的遞嬗輪轉，關於日子的日出月落，關於心情的起伏跌宕，因為循環，我們得以打破時間的不可逆性，與過去的自己相遇。然後同理、原諒、接納也許後來有段時間你閉口不談的，某一段年歲的自己。

去看一場日落

八里的沙岸映射著陽光的午後，是柔和而閃閃發光的。從來自對岸的渡船踏上水泥砌的簡易碼頭，在船上隨浪潮起伏的輕微眩暈感還未消退，搖搖晃晃地順著右側的木棧道走去，陸與海交界的風甚是強烈，讓人只能微微地睜開眼，任由瀏海被撥弄成散亂的不規則稜線。

找一處適合更靠近海緣的地點，把鞋襪整齊地擺放在棧道側沿，向著陽光傾落處緩慢地走去，腳掌觸碰到的溫熱感是熨燙在心底的，連帶著狹長的影子似乎都變得更容易親近。再向前走去，腳踩的質地漸漸轉為河口獨有的灰泥，濕潤且依然保有被陽光眷顧的痕跡，環顧周圍有不少小隻的螃蟹橫行，倏地從一處洞口出現，再轉眼消失於另一處，不知對牠們而言，每一場日落之間會不會具有不同的意義。

去看一場日落吧，細究陽光如何由剔透的黃把自己走成深沉的橙橘、辨別海面上反射的斑斕是不是潛藏你的情緒，並不指望凝滯的匱乏能就此鬆動、僵持的厭倦能就此變得灑脫，總歸是落下了一次情緒的湧動。

然後，下一次再來看日落的時候，你要自己找出一些不同──地平線的位置是不是產生了偏差、是不是也有著三兩隻海鷗在天空飛過。後來，你終於懂循環的另一種說法並不是一成不變，而是在相似的景色裡漸漸地不同。

CHAPTER

FIVE

掌心

⋮

關於正向的自我照顧

偶爾會摩挲指腹，順著掌紋遊走，猜想掌心的溫度是否依然如初，於是回想起那些曾撫
觸過的人事，例如雨水的沁涼、海水的鹹濕、眼淚滑落時盛放著一滴滴滾燙的堅持。
縱使沒能恆常擁有，有些途經的美好一旦觸及，便是不願再忘記的事。
所以，要用盡全力地打開毛孔去感受旅途的繁盛，只要把那些美好融進骨頭與血液裡，
那些迷惘的流年便不算是白費了。
掌心的溫度仍舊一樣嗎？也許不，但手心裡已存放了沿途的美好。
敞開的是世界，而世界是你。

「吶，你最近是不是遇到什麼好事了？」

「沒有啊，為什麼這麼問？」

「看你好像變得很愛笑，好像跟以前不太一樣了。」

「因為我決定要好好生活了呀！」

學會雲淡風輕，
才不會過分超載想念

學會雲淡風輕，
才不會過分超載想念

如果說，總是沉浸在相同的事物會讓人感到疲憊以及變得麻痺而忘卻初衷，那麼對於生活這樣一個巨大方框，又需要花多少時間往復才會覺得匱乏呢？

關於年歲的循環，大概是你再也熟悉不過的了，在那些得以計數的時間尺度裡，長與短似乎都失去了意義，若將生活用一個簡單的單位來衡量，「天」似乎是最為合適的，因為日子構築了最為簡單的循環，也是你所能輕易感受到開始與結束的單位。

談到開始與結束，儀式感似乎最為重要。

撤除那些因為鬧鐘沒響而倏地從床上彈起的日子，若沒有在睡眼惺忪的時刻，緩緩起身，然後好好地深一個懶腰，感受被子鬆垮垮地攤在身上的柔軟，一天似乎就沒有開始的感覺。

同樣的，在入睡前盥洗時，若沒有對著鏡子檢查嘴角的泡沫有沒有完全洗淨、好好地對自己道聲晚安，一天似乎就沒有完整的結束。

日復一日的循環很容易讓人忘記生活的價值，也許有人會覺得更為深遠的意義在於夢想與未來，可是親愛的，我們也不能忘了那些關於理想的本質，就是由瑣碎的片刻，一點一點地拼湊而來呀！如果不能樂於沉浸在生活的每一瞬間，便很難感受到生命真切的意義與幸福。

無關乎遠大的理想，決定狀態好或不好，依然在於日出日落間的每一刻。於是，不論你追尋著什麼樣的意義、企求生命予以怎樣的解答，認真地把日子過好都是一件非常重要的事。那並不代表應該有極為細緻的規畫，而是必須用心體會每一個當下、感受每一處細節所發生的變化，簡而言之，便是好好。

在道過早安之後，你總是喜歡在倒數第二個靠窗位置坐下，過了一段時間，親切的老闆娘就會將你的餐點送上來——奶油吐司和中杯鮮奶茶。如果沒有特別更動，那便是你們之間小小的默契。你會先咬一口吐司、喝一口冰奶茶，接著把吐司全部吃掉，悠閒地坐在位置上大概二十分鐘，接著再把喝了約莫三分之一的奶茶帶走。其實你並不是特

別講究，只是爲了滿足自己的喜好，所以日子總能用美好的心情開展。

對你而言，那是好好吃飯。你喜歡簡單的食物，在咀嚼的過程裡，讓不太複雜的味道慢慢地在口腔逸散開來。

至於難得出遊的日子，則讓人感到更加雀躍。你總嚮往到擁有遼闊風景的他方闖蕩，在一望無際的視野裡吹風，彷彿能把所有不合時宜的雜念都遣散。你特別鍾愛湛藍的大海，在沙灘上把自己的腳掌埋入沙子裡，望著遠方的天際線與海緣連綿，海面反射著陽光顯得柔和明燦。當浪花拍打上岸、淹過腳踝時，便會有一種世界隨著潮水起落而推移的感覺，頃刻間，彷彿與整片海洋融爲一體了，於是你得以開闊胸懷，廣納所有好與不好的狀態。

對你而言，那是好好出遊，簡單地望向一片海，將遺憾擱淺、記憶出航，抵達終能一笑置之的地帶。

好好生活是哪怕日子一成不變，也能樂在其中而不感匱乏，因爲當下就是意義，把感官的用途發揮得淋漓盡致，就連皮膚上的每一處毛孔

都得以舒展。

大抵就是如此簡單，在經歷的當下，想哭就哭、想笑就笑，忠於每一刻所產生的感受。在經歷之後，不再刻意牽掛而有所執念，讓日子的意義落實在當下實踐，如果可以，不讓遺憾成為後來的艱難，學會雲淡風輕，才不會過分超載想念。

把足跡印在過往，把希望寄予在未來的他方，而此時此刻的現在，就只需要好好吃飯、好好睡覺，好好地生活。

小任務

給自己一個小小的犒賞

不管日子是充盈還是匱乏，撕下日曆紙的感覺是湧動還是凝滯，我們都要照顧好自己。

正因為生活偶爾艱難，不時地給自己一個小小的犒賞才顯得重要。要告訴自己走到現在真的很不容易呀，明明誰也不能逼迫你，但你卻很用力、很用力地走到了現在的模樣。

例如一杯手搖飲料，既不奢侈也不盛大，簡單卻可以輕易帶來不太有負擔的幸福感。

我喜歡少冰微糖的仙草凍奶茶，原本其實覺得這是一個相當矛盾的飲品，結果某次在友人的極力推薦下嘗試，結果就此愛上。仙草凍獨特的味道與後味彷彿巧妙地描繪了所謂的沁涼，也在化解奶茶甜膩的同時，保留了滑順的口感，組合起來意外地合適。

對我而言，日子裡大概不能欠缺那種味道吧——不需要經常擁有，卻是可以因為突如其來的想念與獲得而覺得幸福的味道。

階段性地給予自己適合的獎勵，總能更有動力前進。只要懷有一種期待，是不是就能在不知不覺中，把那些難處拆解成可以咀嚼的大小了呢？

沒有勇氣毫無掛念地挺進，所以分次消化了合適的大小，用適合自己的步調，途經所有的肆虐與乖張，總有一天回過頭來的時候，就會驚覺原來自己已抵達本來以為沒能踏觸的地方。

「之前的努力都白費了啦！」你吸了吸鼻子，帶有一點鼻音。

「沒事沒事，我來陪你。」與你一同坐在樓梯上，

明明知道此刻什麼安慰也沒有用，卻還是想說點什麼。

所有的付出與努力，
都必然成為
往後年歲裡的某種積累

所有的付出與努力，
都必然成為往後年歲裡的某種積累

我們都曾在未知裡拚了命地前進，彷彿再大的困難與障礙，只要咬緊牙關地使勁向前，終有將之鬆動抑或碎裂的一天。

在很久以前，努力與成果是被畫上等號的：當完成一件家事可以得到喜歡的小熊軟糖、提早把功課寫完可以換來三十分鐘的電視時光……初時的你以為世界運作的規則就是如此簡單，於是逐漸把自己刻畫成倔強的樣貌，比誰都渴望一套公平的規則，讓所有付出都有所回報。

可是在經歷了幾場記得帶傘卻依然淋濕的大雨後，你漸漸意識到，原來日子是無盡的洗刷，當那些想要握緊的瞬間，在零碎的時光裡不停撿拾而後落下，就注定了等價交換的規則並不如想像那般單純。

也曾抱有深深的疑惑，當你付出比別人還要多的努力，卻換不到相等的成果。現實的銳利往往會讓人受傷的，就如同事情不會恆常盡如人

意，努力也無法保證有任何必然的獲得。沒有什麼事是絕對的，大概是在這個世界闖蕩一陣子以來，唯一能歸納出來的絕對吧！

你知道那種無力而深感匱乏的感覺，當傾盡所能卻依然無法得償所願。於是，在後來的日子裡，你最怕由別人口中出現的兩句話是「加油」以及「沒關係」，那會使得你感到自己的努力沒有被看見。

儘管你明白很多時候說者並不帶有惡意，也許是出自帶有安慰或鼓勵的心理，可是每每聽到，還是會沒來由地讓心情跌落谷底，彷彿還不夠努力、彷彿需要被同情。

大概是倔強與自尊心作祟，使得那些過度包裝的善意沒能被看見。其實知道你最埋怨的人還是自己，當付出了這麼多，卻還是不能抵達嚮往的他方，於是沮喪感如影隨形，找不到方法說服自己諒解與接納此刻的狀態。

當太多的事情隨著年紀漸長，漸漸地遠離了單純，多想在心頭吶喊世道不公啊！或許我們早已習慣複雜，習慣懷有真心卻又時而假裝缺乏，在偶爾太過疲憊的時候，發現努力竟無法換得半點嚮往，那比疲

倦更令人沮喪。

可是親愛的，你卻同時知道，有時候努力並不能用原來預期的成果來衡量，當此刻的狀態讓你太過痛苦，就找尋另一種念頭，說服自己此刻的狀態也是好的，那才能使你把那些沮喪真正地安放。於是，我們得以探看那些卯足全力的過程裡，究竟產生了什麼樣的變化。

那些嚮往存在的意義，並不全然只關於最後是否實現，如果我們能試著沉浸在擁有方向的每一刻，或許所有艱辛的歷程，都能變成抵達的一部分。

當努力的價值能夠實踐於努力的過程中，那麼原先無法成立的等價符號，便能再度存在了。

試著去收藏途經的歡笑與淚水，承接偶然失常的天色與不符預期的視野，你終究會明白，所有的付出與努力，都必然成為往後年歲裡的某種積累，無關於所謂的成功與否，只是刻畫於靈魂的痕跡。

所以，就試著說服自己那些看似失去意義的努力，都會在生命後來的

旅途裡，寫下獨屬於它的註解吧！

小任務　做一件無關成敗的事情

「過程比結果重要」。

很多時候我們想要這麼說服自己，不抱有過度的得失心，才不至於有太過起伏的心情。只是不去在意真的是件太過困難的事情，畢竟多數時刻，結果本身就造就了動機，失去成果，便失去前行的意義。

所以呀，就從一件無關成敗的事情開始練習吧！例如憑藉著自己的喜好與直覺，逛一回書店、例如踏上一場的未知旅行。

喜歡在書頁與文字間迷失的感覺，當字句在心底朗誦、解讀，腦海便自然而然地浮現畫面與場景，或是產生某種沒能輕易描述的複雜感受。始終無法明白那些在閱讀過程中所有的起心動念，與筆者當初在寫下這段文字時，所想傳達的意念是否重合，卻明白還能翻湧出某些感受的本身就值得珍惜。

喜歡在出發時不問目的地，就只是任由當下的心情引領前行，期待意料之外的風景。如果把旅行做更為廣義的解讀，任何的出行都能被視為旅行：「解鎖」一間恰巧路過的新咖啡廳、躲在屋簷下，看不斷聚攏而墜落的雨珠、搭公車睡過站而不知身處何處。

很多的路過與途經其實並不具備成敗的本質，所有的價值都彰顯在過程裡，於是一旦學會樂在其中、願意一再反覆練習，那些關於成敗的事情，我們是不是也能稍微賦予成敗之外的意義呢？

餘生依然漫漫，如果可以，就讓努力不僅是走過會弭平的足跡。

「會有人真心希望別人過得不好嗎？」有一天你這麼問著，

眼裡擒著一抹少見的灰。

「有吧，這個世界本來什麼樣的人都有呀！」

「好像是耶！」你抱緊了雙膝，卻沒能硬挺鬆垮的肩膀。

「可是多數的人，就算偶爾懷有那樣的念頭，也僅是念頭吧？」我頓了
頓，用十分真誠的眼神望進了你的雙眼。

「因為他們會豢養自己心底的野獸呀！」

選擇善良，
從來都不是件
需要任何理由的事情

選擇善良，
從來都不是件需要任何理由的事情

無從知曉人性是不是本善，畢竟距離那段只有啼哭與索求的歲月，已太過遙遠。橫跨了幾個以十年爲一個單位的日子，很難想像初時的自己，是如何跌跌撞撞地走到現在這個模樣，可是卻始終慶幸自己保持著如初的善良。

善與惡之間，似乎難以用一個絕對存在的界線劃分，往往在面對許多爲難的境況時，不論做什麼樣的抉擇都帶有部分的是與非，可是幸好我們都在自己認爲最爲正確的道路上前行著。至於那些攸關剖析世界的認知與想法，卻不是始終單純如一的，因爲也曾傷心難過，陷入獨自的宇宙，而沒能好好承接遠於星輝的憂傷。

許多事情是難以改變的，尤其是當期許以一己之力去抗爭的時候。你懂那種失落，那些關於奮力抵抗世界所有的惡意與不善，卻無力動搖任何事實的悲傷。那是你之所以不再單純的緣由：當眼裡所認爲的正

確，與這個社會運作的模式是相互衝突的。

想問問世界到底是怎麼了，卻無從理解，也還沒能看透如今的樣態。當周遭逐漸清晰，空氣卻冷冽得連呼吸都覺得刺痛；當所有人都有著爽朗笑聲，卻望不見眼神裡喜悲的閃爍。

後來你終於明白，許多準則並不代表著絕對的善，所以儘管事情的做法明確而直白，有些取捨也會讓你感到殘忍。究竟什麼是正確，什麼才是善良，似乎是窮盡一生也無法好好回答的。

親愛的，如果有一天，你看透了這個世界的樣貌，能不能請你不要忘記，很久很久以前，要自己堅守的固執。善良大抵是我們最能引以為傲的特點，當你把它做為所有評判的依據，便有了明確的取捨做為解答。

哪怕有時需要進行太過艱難的衡量，若能跟隨善良溫暖的指引，後來總會和緩而堅定地抵達答案所存在的地方。

如果有再怎麼努力，都無法放下的惡意，那就調皮地獻上小小的祝福

吧！祝福他得到小小的感冒、祝福他的腳指頭一不小心撞到桌角……
有些不善是無法輕易被化解的，畢竟情緒都有其根深柢固的地方，若
是一種再怎麼寬容也沒能放下的執念，就讓這份念頭用比較柔和的方
式抵達吧！然後，在所有念頭都一併歸零出清之後，就能真心地希望
彼此能夠一起變得更好。

唯有消解那些不善的念頭，才能真正地遠離痛苦，而打從心底地快
樂。

選擇善良，從來都不是件需要任何理由的事情。如果有一天路過了某
人的傾盆大雨，能不能就只是不發一語地撐起一把傘，輕輕地替他擋
去一時的孤寂。那是一種早於思考前，就先下意識進行的體貼，即使
這個世界的現實樣態依然無法輕易被改變，那樣的溫柔卻足以成為微
小星光，淺淺地照進那些你關心或關心你的人們心中。

並不是就此成為了某種偉大的救贖，只是要明白，你的作為依然能夠
為某些人的生命帶來好的變化，於是情節的改寫得以往柔和而溫暖的
方向而去。

那似乎也是一件浪漫的事情，因真心祝願彼此的安好而放下、割捨、努力抑或成全。不論要付出的是什麼，最後總能換得一種發自內心的富有與滿足。

善良之所以有強大的魔力，是因為它讓我們擁有堅定的信念去相信自己是一個好人，能為世界帶來正面的貢獻。用這樣明燦的特質去肯定自己，大抵就能擁有步調和緩而平穩的幸福。

簡單來說，你的價值可以因為選擇，而落實在你的和煦與善良。

小任務

豢養心底的野獸

日子的洗鍊似乎是個不可逆的過程，一點一點地在各種事件的刻鑿下，變成越來越複雜的樣子。

這當中的過程似乎不得不遠離單純，從沒能阻擋意料之外的惡意，到漸漸能抵禦偶爾來襲的不善意圖，也不得不對一些曾經的信仰感到絕望，於是某些本應閃閃發光的人性至此變得不再重要，大概要先看清那樣深不見底

的陰暗面有多漆黑，才能止住不斷流失的東西吧！

偶爾會對突然冒出的陌生想法感到惶恐，當懷有太過沸騰的情緒、當產生了傷害與破壞的念頭，不知道心底是不是其實蟄伏著一隻等待甦醒的猛獸，會在晴朗的光不再照耀大地的時刻解除封印，任意肆虐而兇猛。

後來漸漸能理解，那些突然冒出來的尖銳並不是藉由壓抑就能消解的，一次沒有釋放的情緒就成為了一次累積，在往後的爭執中依然會化作一把鋒利的刃，帶來未曾想要真的加諸於人的傷害。

看見周遭的不善，不代表我們也要讓懷揣的惡意席捲，所以呀，如果心底真的住著一隻乖張的野獸，就用廣大的草原豢養牠吧！讓牠肆意地咆哮，但說不出具有實際意義的尖銳言語；讓牠恣意地奔跑，但跑不出心底的善良。

偶爾會懷有惡意是種本質，但我們可以選擇善良而鈍化牠的尖銳，不是壓抑，而是任其不具有傷害本質的行為嘶嚷。

後來沾染血腥的味道，終有一天也會變得溫和吧？

「你覺得存在的意義是什麼呢?」

「可能是對周遭的人產生影響吧!」

「那如果有一天沒有人記得了呢?」

「那自己至少也要記得,記得溫暖如何積攢、傷害如何形成、痊癒如何
發生,連同別人的情節也記得一些些。如果每個人都這麼做的話,大
概在別人的腦袋裡,就還會有些自己的生存空間吧!」

把每一段時光都刻畫成
值得被銘記的模樣

把每一段時光都刻畫成
值得被銘記的模樣

偶爾在獨處的時候,會想要探討生存的意義,任由類似的問題在腦海裡浮沉,那是一種奇妙的感覺,當想要跳脫一切已知與認知上的自我,試圖以遠於宇宙之外的角度及視野去看待這個世界,想像某些未知的過程是如何發生,例如靈魂意義上的生命賦予,同時設法證明曾經存在的痕跡。

當用類似旁觀者的角度去觀看,一個人之於一整個宇宙,是何其渺小的存在,連長達數十年的歲月都變得單薄。可是哪怕相差如此之大,自己仍跌跌撞撞地走成如今的模樣,哪怕只有一點點,也是想要改變這個世界的。

很難去理解在生命結束的那一刻,靈魂會用什麼樣的形式存在著,甚至無法明白那時所謂「我」的概念,會不會就此灰飛煙滅了呢?有著太多的想像無法被驗證,於是你傾向用一種比較能接受的方式看待死

亡，所以，試著讓現有的生命價值盡可能地展現吧！畢竟那是你確信自己所能把握的。

至於體現生命價值的方式，大概就留存在別人對你的記憶裡吧？當還能被人記得，便得以用某種形式存留在這個也許後來無法觸及的世界。記憶的美好之處在於它可以被一再地閱覽，不斷地讓人產生新的感觸與體會。哪怕在時間的洗滌下漸趨模糊，一種印象的懷有，便是一種溫度的保留。

在一場又一場年歲的相遇裡走入了繁盛的花季，又在哪一次恰巧帶傘的日子裡，撞進了誰的雨季。你希望別人眼中的你至少懷有溫暖明燦的感覺，努力地照亮彼此本有些陰暗的角落，試著鼓動對方奔赴各自的夢，把每一段時光都刻畫成值得被銘記的模樣。以緣分解釋了每一次覺得不可思議的經歷，回過頭來卻已鑄成了後來的命中注定。

於是那些曾經的占有與被占有、一同經歷的爭執與笑鬧，還有不敢淚流的道別，都成為了你在別人眼底所下的註解，其實哪怕累積了多少複雜的過去，到最後存有的便是一種整體的感覺，一種當看到你的臉龐或提到你的名字，便會在心底浮現的感覺。

那種感受並不是三言兩語就能道盡的，也找不到一個形容詞得以妥帖地描述。可是當那種感覺足夠明確，便是你依然被清晰記得的證明。從相遇到相互別離，記憶的片段終會拼湊、排列而形成剪影，成為所謂「被記得」的印記。

關於如何被銘記、關於那些厚重的擔心與關心、關於某些分量很重的話語，它們都是你存在的證據。當周遭的人來來去去、當心底的天色在時晴時雨裡以不明確的規律循環，有些交會時的花火是刻畫在靈魂深處的，那是不論懷有著怎麼樣的心緒，也無法被輕易抹除的痕跡。

在那些日子的際遇裡，你成為了某人的記得，也記得了某人。如果可以，你希望懷揣著這樣的印痕抵達遠方，哪怕後來再也沒能說上話，再也無法做為彼此心底的應答，可是那些過往跌撞的瘡疤與略帶粗糲的指腹觸感，都將成為記憶深邃的樣貌。如果能用記得做為往後對白的延展，其實也不失為一種存在的恆常。

定期記錄自己

並不擅長記得過往的回憶,每次與朋友談天,緬懷過去
的時候,總需要更多的線索才能找回記憶。偶爾會為此
感到小小的難過,如果連自己都忘了走過什麼樣的路,
那些本應有著合理解釋的傷痕與沉澱,便在日常往復的
消耗裡失去意義的賦予了。

於是總還想抓握住什麼,讓那些告別不是真正錯身、曾
經沸騰的也不因冷卻而失去氣息。不是任性地要求懷
有,而是希望在循著線索梳理過去的時候,依然觸碰到
當時的感觸與想念。

捨不得丟下飛入腦海的瑣碎片刻、偶爾別具意義且值得
留念的日子、涉及人生分歧點的大事,要想不忘記,社
群軟體大概就是一個相當適合的媒介吧!拍下一張照
片、敲打現下的感受與想要記得的事件就能將之保留。
至於那些極其隱密而私人的想念,就額外再開一個帳號
或者用日記本記錄下來,讓所有可以形成文字的痕跡都
能被保存。

習慣定期把在腦海的事物留存起來,才能在後來想念某

個時刻的自己時，循著脈絡觸及當時的模樣。不需要鉅細靡遺地記得，但正因每一次傾盆大雨、每一場花季都有各自的落寞與芬芳，所以能回想起當時的風景，才算是把存在的意義積攢下來了吧？

總還想要奔跑、倘佯，所以希望記得心臟如何鼓動，雙足如何踢打出水花。

「這就是我嗎?」手想要觸及溫熱的掌心,但觸碰到的卻是一片冰冷。

鏡面上留下的是些微的水氣與掌印,卻沒有殘留任何餘溫。

不是每個人都有獨立的天分,
可是那終究是
必須經歷的旅程

不是每個人都有獨立的天分，
可是那終究是必須經歷的旅程

關於從接納走到可以享受的階段，中間經歷的大抵是習慣。

起初對於這樣的日子，你是感到惶恐的，你不清楚究竟在自己身上發生了什麼事，是在歲月的刻畫下，人的成長注定變得略為生僻，抑或只是暫時地想要逃離人群。早已無法得知是從什麼時候開始，腦中流竄著這樣的想法，關於依然沉浸於人群的歡聲笑語，卻也在越來越多時刻，希望自己是獨自一人的。

那是一種略為矛盾的心理，就好像眼看自己隨膨脹的宇宙遠離星群，你不捨得那些凝聚著光亮的過往，卻又暗自期待會步入什麼樣的黑暗當中。在逐漸成長的過程裡，你漸漸為自己有所保留了，許多想法是不願張揚的，可是依然懷有許多脆弱，等待一種拯救抑或依賴。

起初你以為只是偶爾陷入低潮，於是希望躲在一處無人找得到的地

方，獨自一人把那些消極都遣散。可是後來竟意識到，其實令你疲憊的是恆常掛在臉上的一抹禮貌性微笑、是隨時必須有所話題的不敢鬆懈。原本你總是傾盡所能地想把場子炒熱，希望有你在的地方就有不間斷的笑鬧聲，有所擾擾就不怕寂寞打擾。

當明白那不是真正的快樂，已是很久很久以後的事，你發現笑得越是開懷，感受到的越是一種匱乏。於是，你做了一個勇敢的決定，決定把自身抹除於某些場合，只留下那些即使不刻意說話，也能自在相處的友人們。

終於，你可以凝聚足夠的勇敢、漸漸淡出人群了，即使偶爾還是無法適應少了許多笑鬧的周遭。在過於燥熱的午後，你會如往常般坐在咖啡廳裡，點一杯最喜歡的愛丁堡女王紅茶，咀嚼著酸甜裡帶有略為果香的蘋果丁，也許打開筆電追劇，抑或拿出一本並不擅長閱讀的詩集仔細研究推敲。

還是會有某個瞬間，你會突然想到某個有哏的笑話或趣事迫不及待地想要分享，卻在發現現下是獨自一人後不禁失笑。

從舊的模式走入新的習慣，大抵還是需要時間的，可是若不是遠離了閃耀群星，你始終無法發現自己握有的宇宙是何其之大。

有了一整個天際線擁抱的山川星河，在那些過分寂靜的時刻重新遇見自己。於是後來的你得以發現，一個人的生活也可以非常安心。並不是從此不再擁有朋友了，事實是你仍然與周遭的人群有所連結，浪跡天涯之際依然會想家、被現實摺倒也能有所依靠。

獨立其實是一種選擇，當你願意把更多心思花在自己身上，更深沉地認識自己、捕捉那些收藏起來的想法、洞悉情緒的來源，就能為自己下一道註解。

不論承載著怎樣的過去、經歷過怎樣的黑暗、落入一場怎樣的雨季，你終究會知道如何偽裝，在所有場合裡拿捏合適的情緒重量，但你始終無法對自己說假話；不論曾經被誰打撈起、經歷了世界怎樣的叛逃，傷口終會結痂，可是那並不代表你能回歸到原來的樣貌。

哪怕是想要知道為什麼喜歡在雨天踩著水窪、為什麼總在追究對錯前先有了反駁的衝動、為什麼對特定對象就容易發起無名火……在那些

想要更為觸及自己的時刻，你知道這些問題的解答必須靠自己追尋，所以你開始學習獨立，用時間嘗試了解，用了解嘗試善待，因為懂得善待，所以願意與自己和解。

不是每個人都有獨立的天分，可是那終究是必須經歷的旅程。

小任務　**空下一個人的時間**

走走停停的日子，總是不斷地在撿拾與割捨，還不知道應該把日子編織成什麼樣態，卻深知不能凡事都依賴。不是因為不能時時擁有陪伴，所以試圖去適應，因為真心想要深刻記下自己的樣子，於是刻意留下獨處的時間，與自己獨處。

那不是件容易的事，通常會因為寂寞而轉移注意力，例如獨自吃飯時，不自覺地滑起手機或打開電視；一個人步行在偌大的城市中，便用音樂的嘈雜淡去一切能令你感到寂寥的人事。

可是我們之所以需要獨處的時間，並不僅是物理意義上

的一個人，還有許多擱置在腦袋裡的瑣碎需要整理與沉澱，有正在發酵的情感等待意會與釐清，在那些念頭被自己明確地抓握以前，我們都需要一些時間組裝與拆解，而這正是獨處時才能做的事情。

任由某一種情感編織未知的圖樣，任由某一個正在擴張的念頭發生，那是將自己拋擲到世界時必須消化的，於是，往後漸趨複雜的日子才能被理解、每一次內心抽動的閃爍、每一處結痂的傷口與淡化疤痕的過程才能被好好地牢記，只要記得自己是怎麼走到現在這個樣子的，就能明白路途的長遠，而更加珍惜每一處的擁有與缺失。

水之
流浪者

01

不知道在什麼樣的地方，米茲感覺自己正不斷地墜落，令他感到眼花撩亂的光線不停地到處流竄，刺目得難受。周遭瀰漫著一股鹹鹹的氣息，此時他覺得胸口異常地悶熱，甚至有些難以呼吸。好不容易適應了光線，米茲勉強睜開雙眼，看到身旁的「同伴」正不斷地擦撞著，彼此的身體都糾纏在一起，包括自己也不例外。雖然說是同伴，但彼此卻只是第一次見面的關係而已。

漸漸地，本來模糊的視線變得清晰了起來——原來自己正被擠壓到似乎是邊緣的地帶。這裡不像中心地帶的水分子總相互摩擦碰撞著，反而用盡全力握著彼此的手，努力維持表面圓弧的形狀。

「哎呀！小心！」不知道從哪裡傳來了一陣驚呼，米茲感覺到被一個巨大的手掌從背後用力地推了一把，一陣強風將他颳離大家傾力維持的表面，他慌亂地伸手向四處抓握，卻只是抓了個空。

飛向空中的米茲匆匆往回瞥了一眼，看見一名女子作勢撥弄著耳鬢的頭髮，原來他是從女子的眼角滑落下來的。她垂下的肩儘管形塑了僵硬的線條，卻還是難掩略微的顫抖，似乎不想讓旁人發現自己正在流淚。

米茲努力地晃動身體，可是他被噴射出去的速度太快，一時之間無法停下，很快地便放棄了掙扎。在他有限的記憶裡，有時要在不見天日的地底待上很久的時間、有時才剛在新環境裡與素昧平生的分子攀談上，就又馬上被帶往下一個地方。

沒有目的地前往，卻又不得不流浪，也曾設想過生存的意義，卻始終沒能找到解答。他發現自己不曾真正想要什麼過，可是內心深處卻彷彿有一個空洞，不論何時何地都無法變得飽滿，那種感覺很不踏實，甚至有時會覺得自己並未活著。

他曾經路過圓底瓶，與許多不相識的分子被一同餾煮，其中有一位年邁的爺爺看起來特別親切，具有與他相似的氫氧鍵。

「爺爺，我們是為了什麼而誕生呢？」米茲向他提出心裡的疑惑。

「咳……咳……孩子啊，我活到這麼大把年紀了，坦白說我還真不知道。」分子爺爺的身形比他巨大許多，身上的電子不停地晃動，讓他看起來相當見多識廣，爺爺的雙眼望向遠方，接著說道：「可是，我知道這個世界，有一個規則是我們都必須要遵守的。」

「規則？」米茲歪了歪頭，思緒就像磁攪拌石形成的旋渦，緊貼著圓底瓶的器壁不停轉動。「我聽外面那個戴著眼鏡、穿著白袍的男人說，好像有個叫熱力學定律的東西，規定我們必須往亂度大的方向移動。」分子爺爺乾咳了幾聲，盡可能地挺直有些彎曲的背脊，彷彿要表現出學識淵博的樣子。

「其實我也不懂那是什麼意思，不過說到亂度，這個世界越來越亂倒是真的，你還年輕，總有機會可以找到答案的。」見米茲還是一臉疑惑的樣子，爺爺補上了這句話，試圖以玩笑帶過這個他不擅長的話題，語畢不久，他們突然被沸騰而起的氣泡捲入悶熱的空氣中，只能於氣泡在液面破掉的瞬間道別。

米茲不記得那是多久以前發生的事情，但那句話後來就一直烙印在米茲的腦海裡。他開始思考：有記憶以來的日子似乎每天都不斷地變化著，偶爾停滯、偶爾被迫前進，唯一不變的是他從沒有真正想去哪裡過。或許是想找到所謂的歸屬吧，一個可以稱作是「家」的地方，如果能往這樣的地方靠近一些，會不會就能知道存在的意義了呢？他也好想知道所謂的定律和亂度，究竟會引領自己到什麼樣的地方？後來抵達的地方，又能不能夠被稱作「家」呢？

02

「這就是人類悲傷的感覺嗎？」米茲喃喃自語道，彷彿還有部分鹹鹹的感覺殘存在身體裡。這裡的空氣冷冽得不像話，身處氣態與液態是截然不同的，在液態時，周遭的分子總是離自己很近，彼此都在互相吸引、碰撞；氣態時則稀疏不少，大家總各自趕路，甚至有時連聲招呼都打不上。

米茲本來很喜歡待在空氣裡，因為可以自由自在地飛翔，但或許也是這樣周而復始無數回了，這一次他竟莫名覺得有些寂寞，不知道究竟該何去何從。

突然，有顆像星星的物體朝著米茲衝過來，嚇得他閉上了眼睛。片刻過後，米茲有些意外沒有感受到預料之內的疼痛感，於是他睜開雙眼，看見眼前出現兩隻被繩子鍊住的自由基。原來剛剛迎面而來的是牠們，米茲鬆了一口氣，往繩子的另一端看去，一個氧分子正朝他飛來。

「抱歉，我的寵物又到處亂跑了。」

「沒關係沒關係，只是嚇了我一跳。我的名字叫米茲，你呢？」

「小西。」氧分子戴著鴨舌帽，有些濃密的斜瀏海遮住了一側的眼睛，看上去不太容易親近的樣子。兩隻自由基正喧鬧地互相追逐，活潑的樣子與氧分子散發出來的氣息形成強烈對比。

「呃，這兩隻自由基好可愛，牠們叫什麼名字呀？」米茲試圖表現得友好，微微俯下身，湊上前想看得清楚一些。

「……」

「怎麼了嗎？我又不是壞人！哈哈哈！只是難得在空氣裡遇上一個分子，隨便聊聊而已。」看著小西漸漸皺起的眉頭，米茲只覺得尷尬異常，原本湊上前的身子後退了幾步。難道人類口中的「空氣凝結」就是這種感覺嗎？

「有壞人會說自己是壞人嗎？不過看你呆頭呆腦的樣子大概也不會是。」

「不想講就算了嘛，不過就只是兩隻寵物……」米茲沒想到對方會這樣回應，錯愕的臉瞬間漲紅。

「……我又沒說我不講。白色的那隻是自自，正在打滾的是由由。」想到剛剛自己的寵物差點撞到人，小西突然覺得有些過意不去。他暗自狠狠地掐了一下掌心，明明只是想要保持距離，但為什麼每次一開口，就會不自覺地惡言相向？

「噗……不會是自由基的『自』和『由』吧？你家的寵物真可憐，名字被取得太敷衍了吧！」

「你別胡說，名字就是要簡單才好記。這兩隻自由基可厲害了，立下不少功勞呢！」

「寵物能立下什麼功勞啊？又不像人類的警犬可以緝毒。」見小西那不置可否的表情，米茲不由地睜大了雙眼：「不會真的可以吧！」

「牠們的鼻子相當靈敏，可以說是我們情報處的鎮處之寶。」

「情報處？咦？你是特務嗎？天啊！太不可思議了吧！我這輩子第一次遇到特務耶！你正在執行什麼任務嗎？」雖然在心底默默嘀咕這個氧分子性格實在不怎麼樣，但是特務這個身分卻完全激起了米茲的好

奇心，他決定試著套話。

「我可是很厲害的探員啊！偷偷告訴你，我現在正要去執行一個任務。有線報指出，南方出現三氧化硫綁架集團，擄走了許多在高空中的水分子，所以我現在要去南方看看。」聽到誇獎，小西忍不住吹噓了起來，反正也只有他知道自己現在有多心虛。

小西在心裡想，被交付運送工作裝備給外勤探員的任務，在某種程度上也算是探員吧？當初就是因為發現自自和由由有非常適合用來找人的靈敏嗅覺，才讓他輕易應徵到這份工作，所以對米茲說牠們是鎮處之寶大概也不為過吧？做好心裡建設的小西忍不住點點頭，彷彿在說服自己一樣，卻完全沒有意識到自己已經把機密訊息告訴一個路人了。

「綁架水分子？那不就是我的同伴嗎？不行，我也要一起去救他們！」

「不可以！你以為是扮家家酒嗎？這可是只有探員才能執行的任務。」

「我不管，我就是要去。」

「不行就是不行！」

「那我就四處跟別人講了喔！」

「……」小西這才意識到自己根本不該說這麼多的。

「不好囉！發生大事情囉！請大家聽我說……嗚……嗚……」米茲大聲呼喊到一半，就被小西摀住了嘴巴。他們又爭論了許久，最後，一方無奈、一方興高采烈地跟在後頭，兩人一前一後地跳進前方不遠處的氣流。

正午時分的烈日當頭，空中只有幾朵雲，此時強烈的氣流，正不偏不倚地往南方海岸吹送。

03

小西其實不怎麼喜歡與人相處。但與其說不喜歡，不如說是害怕。

小時候父親對他說的話彷彿猶言在耳：「小西呀小西，我們氧分子對這個世界的貢獻可是很大的喔！看看你身旁這兩隻小傢伙，他們可以參與許多化學反應，要是沒有我們，這個世界就不會有這麼豐富的生命了，所以你要為自己感到驕傲。」那時的小西似懂非懂，只在聽到「驕傲」兩個字時，不自覺地挺直背脊，幻想自己是拯救世界的英雄。

他也記得母親替他披上自己一直嚷嚷著想要的披風時，柔聲地說：「小西呀，你帶著自自和由由出門時要注意，尤其跟朋友玩的時候更要小心，照顧好你的寵物們，牠們的活動能力很強，不要讓牠們傷害到別人了。」

而他永遠記得那一次與一群小朋友們玩扮家家酒時的回憶。

那一天，他一如既往地披著披風，扮演拯救世界的英雄。與扮演反派角色的朋友翔進行終極決鬥時，他一股腦兒地衝上前，沒注意到在一旁過於興奮的自自也飛奔而去，結果讓牠不偏不倚地撞上同時向他衝

來的翔。

後來引發一連串電子傳遞的慘烈結果讓他完全不敢再繼續回想，只記得當時腦子一片空白，連不省人事的翔被救護車載走時都沒有發現。

那一夜，他望著發抖的雙手，無數次質問自己為什麼沒有把母親的叮嚀放在心上。解下披在肩上的披風，他覺得自己就像是一個全世界最大的笑話，連不去傷害別人都做不到，還想要做什麼英雄？從此，再也沒有其他分子跟他一起玩耍，準確一點地說，是他再也不願意靠近誰。

「如果會替別人帶來不幸的話，自己一個人也沒關係，因為不能給其他人添麻煩呀！」他每天都這麼告訴自己：「一個人也可以很好，像現在這樣就很好，我不需要誰來幫忙，我能照顧好自己。」

他再也沒有看那件被丟在一旁的披風一眼，只是任由灰塵飄落，上頭的圖樣早已褪去了色澤。大抵就如同所有曾擁有的東西一樣，一旦失去，就很難恢復如初了。

「哼——哼——」米茲隨口哼著輕快的小曲，一直以來沒什麼目標的日子突然有件要緊的事要做，體內的血液就不禁為之沸騰。

「你可不可以安靜一點啊？這樣我很難集中精神。」

「好嘛！不唱就不唱，那麼凶幹嘛？」看見小西凶狠的眼神，米茲雖然嘴裡嘀咕著，卻不再哼唱了。

「前面就是集合點了，我們要在那裡跟其他人員會合，你先在旁邊等著。」

跳下隨著太陽西行而漸漸減弱的氣流，南方的空氣明顯潮濕不少，昏黃的陽光把周遭的雲朵染成紅橙的漸層，以及帶點淡淡的紫色。

「那個……星星的尾巴是什麼做的？」這時雲朵的某一角落傳來了微弱的聲音。

「是太陽的鼻尖吐出的火花做的。」小西回答。

「暗號確認完畢。是運務員小西先生嗎？」說話的是個甲烷分子。她從雲朵的背後慢慢地走了出來，穿著一件質地鬆軟且飽和度不太高的藍色蓬蓬裙，這使她在天空中有很好的偽裝效果，裙子遮蔽了連在身上的三個碳氫鍵結，剩餘的一個朝著天，就像梳得高高的髮髻。

「嗯，組織收到了妳的線報，派我送裝備來。」

「謝謝你，接下來交給我就可以了喔！」從小西手上接過東西，甲烷分子鞠了躬，轉身就準備離去。

「等等！」小西忍不住叫了一聲，轉過頭看了站在不遠處的米茲一眼，壓低音量地說：「上頭說這次的任務比較複雜，讓我來協助妳。」

「那個……你不是運務員嗎？」

「我……我其實是來實習的。對！我正從運務員轉考外勤，所以組織要我來實習，順便把裝備送過來。啊！還有那邊那位也是來實習的。」

「實習？但是我好像沒有收到通知耶？」

「可能是漏發了吧？哈哈哈！」見甲烷分子仍是一臉困惑，小西連忙又說道：「妳想想，我們剛剛不是已經確認過暗號了嗎？難道我還會騙妳嗎？我們真的是來實習的。」

「妳好，我的名字叫做米茲，是小西的朋友。」米茲不知道從什麼時候突然冒出來插了這麼一句話。

「誰說我們是朋友的？沒看到我話還沒說完嗎？你先去旁邊啦！」小西不由得一陣緊張。

「你不要插嘴啦！很高興認識妳，請問妳叫什麼名字呢？」

「我嗎？我……我叫作丸丸，米茲先生，很高興認識你。」甲烷分子的聲音極為細小，彷彿一不留神就會飄散到空中。語畢，她便轉過身，示意米茲和小西跟上。

小西暗自在心底鬆了一口氣，推著米茲跟在丸丸身後前進。

從背後看丸丸，米茲總覺得她像是刻意把自己的身軀緊縮在一起。

04

隨著夕陽西下，天色漸漸轉黑，此刻米茲一行人正往上飛行，因為丸丸說他們需要穿透雲層，才能確定自己的方向。

「呼……呼……好累啊！還要多久才會到啊？」米茲氣喘吁吁地問著，他從沒有飛到這麼高的地方過。

「對不起，對不起……應該……應該快到了吧！」丸丸一臉歉疚，小聲地回應。

「不用對不起啦！我沒有要怪妳的意思啊，這又不是妳的錯。」米茲連忙回答。

「要是沒有體力跟上來的話，你也可以不用來啊！」小西一臉幸災樂禍地對米茲說。

「少囉嗦！我要去拯救我的同伴。」米茲馬上回答。

此時雲層漸漸變得單薄，彷彿能看到幾絲光線從前方穿透過來，夜晚

的雲朵是淡淡的褐色，讓米茲想起曾經在人類世界見過的熱可可上頭所漂浮的棉花糖，那可是他見過最柔軟的東西呢！

「到啦！到啦！」米茲搶先丸丸一步，興奮地以一個箭步，衝破了眼前瀰漫的霧氣。穿過雲層的天空彷彿是另一個世界，潔白的月光雖然沒有陽光的溫度，卻讓米茲感受到一股格外動人的溫柔。

「你是笨蛋嗎？快點回來，不能飛這麼高！有可能會被敵人發現。」

「對不起，對不起。都怪我沒有事先提醒，米茲先生，快點回來呀！」

「沒事沒事！丸丸，這不是妳的錯，是因為小西沒有事先跟我講！」米茲連忙降低高度，轉過身時不忘向小西扮了個鬼臉。

這時丸丸拿出小西送來的裝備，朝天空比畫著。順著她的視線看過去，米茲才發現此刻的自己身處在滿天星辰中，星星的排序錯綜複雜，此起彼落地閃爍著光芒。

「往亂度大的方向移動……」不知為何，米茲的耳邊迴盪起分子爺爺

說過的話。是不是因為熱力學定律的關係，星星們才會四散在各個地方？他們最後落下的地方，是自己決定的嗎？對他們來說，那可不可以稱作為「家」呢？

米茲不知道自己執意跟著小西的這個決定，是不是違反了「往亂度大的方向移動」的定律，但是他卻明顯地感覺到有什麼正改變著。

他隱約覺得，如果試著追逐某些事情，也許就能填補心裡的那塊空缺，找到可以被稱為「家」的地方。

「不好意思，米茲先生，我們應該繼續前進了喔……」丸丸早已把裝備收了起來，在前方看著米茲。

「喂！發什麼呆啊！口口聲聲說想救你的同伴，但動作卻這麼慢！」小西站在丸丸旁邊，手插著口袋，一臉不耐煩。自自和由由也在一旁吠叫著，彷彿在提醒米茲一般。

「啊啊，抱歉抱歉，我們走吧！」米茲抓了抓頭，趕緊跟上他們，心中的困惑卻悄悄地放大著。

05

丸丸一直都很討厭自己。或者說，她很討厭自己的身體。
她還記得自己是在牛的體內誕生出來的——當咀嚼過的
青草被微生物分解，甲烷氣體便慢慢地在牛的胃裡形成，那裡是一片
烏煙瘴氣的地方，到處都是腐敗的氣息。

丸丸覺得那就像是一張永遠也撕不掉的標籤，毫不留情地定義了她的
存在。做為一個甲烷分子，天生具有捕捉熱能的能力，她聽說因為這
個能力，使得太陽的熱能無法輕易散去，讓地球的海平面上升，在極
地的動物朋友無家可去。

因此她總是感到抱歉，下意識地覺得所有的錯誤都是因她而起。

丸丸其實很羨慕米茲——「做為水分子，可以為世界帶來幸福吧？」
儘管遇過不計其數的水分子，但她從來沒有勇氣開口與他們交談。因
為覺得自己太骯髒了，所以她總盡可能地把身子縮到最小，好抹去自
己存在的痕跡。

「喂！喂！發什麼呆啊？這裡聽不清楚，我覺得應該要再靠近一些。」

「啊！不好意思，那我們再往前一點吧！」丸丸回過神，連忙把頭甩一甩。「現在不是想這些的時候！即使是出身如此低下的自己，還是要試著為世界帶來一些貢獻的呀！當初加入空氣情報處不就是為了這個嗎？」她邊在心裡想著，邊拍了拍自己的臉頰，希望精神可以集中點。

此刻已接近清晨，微亮的天空呈現一片溫暖的橘黃色。因為白天比夜晚更容易被發現，所以他們躲在一片鉤捲雲後面，躡手躡腳地前進。

到達一個定點時，丸丸悄悄地探出頭，用小西帶來的竊聽裝備，試著聽清楚不遠處的對話。

前方站著一群三氧化硫分子，他們的體型相當巨大，正凶神惡煞地盯著水分子們。另一頭還有幾個零散的同夥，正把更多的水分子趕到同一個區塊裡。

「都給我安分一點！瞧你們那小小的身軀，反抗也是沒有用的！誰敢亂動，就給你們好看！」其中一個三氧化硫說道。

水分子們不斷被聚集起來，聚攏的分子到了一定的程度，便很難從群體中分辨出個體，遠遠看就像是一片霧氣。

「女王，按照現在成雲的速度，今天計畫就可以完成了。」

「我知道了。」說話的是一位側臉有道灼傷疤痕的三氧化硫，雖然穿著有些破爛的長洋裝、肩上的披肩亦破了幾個洞，但戴在頭上的后冠卻閃閃發光。

她轉過身，對其餘的人說道：「弟兄們！我們努力了這麼多天，就是為了這一刻！辛苦大家了，等到雨雲形成以後，你們應該知道怎麼做吧？只要抱住這些小傢伙，我們就可以回到陸地上了！」

「不好了，看來他們打算利用水分子，變成酸雨回到陸地上！」丸丸神色緊張，低聲說道。她在情報處受訓時，曾讀過這方面的研究：三氧化硫遇到水分子會水解形成硫酸，這樣的酸液會造成土壤、湖泊酸化等問題，嚴重影響地表的環境。

「看來她就是頭頭了。」小西眼神銳利地盯著那位穿著特殊的三氧化

硫，一點也不像是沒有探員身分的運務員。他開始發號施令，回過頭來說：「丸丸，妳帶著米茲去旁邊找個地方躲起來，趕快通知總部增派後援，我要去制伏女王，如果成功的話，說不定還可以把她當成人質來進行談判。」

「不行！你一個人太危險了，我跟你去！」米茲扯著小西的衣角。

「你有搞清楚狀況嗎？你跟來也是礙事，趕快去旁邊躲好！」

「兩個人一起行動總比一個人的力量強！我跟你去！」

「不行！就跟你講不行了，不要拉著我！」

「是誰？是誰在那裡！」

06

一個三氧化硫分子把米茲和小西一把拎了起來，具有硫原子結構的體型讓他比米茲和小西大上許多，而丸丸則在千鈞一髮之際，驚險地躲進了鉤捲雲內，沒有被發現。她悄悄地探出頭來，一臉驚恐地看著被向後拖行的兩位同伴，小西示意她不要出聲，趕緊躲起來。

米茲和小西被重重地摔在女王面前，她露出了一臉不悅，但卻不是對著他們。

「平常我們的待客之道是這樣的嗎？不是跟你們說過，對待客人要有禮貌？怎麼可以這麼粗魯呢？」與先前的氣質判若兩人，此刻的她舉止溫和而優雅，輕輕地把米茲扶了起來，又柔聲地說道：「真是不好意思，嚇到你們了。能不能請兩位告訴我，你們是從哪裡來的呢？」

「聽聞女王您綁架水分子，並意圖利用雨水回到陸地、危害環境，因此我們代表空氣情報處前來阻止您。」小西見米茲支支吾吾地說不出話來，便擅自答腔了。只是他沒有察覺，自己對女王說話的語氣在不自覺當中，發生了變化。

「你還真誠實，不過這種說話直白的個性我很喜歡喔！事實就如你們所見，我也沒什麼好辯解的，只希望你們聽我說一個故事，說完了，我們再來談談，好嗎？」女王先是語調歡快，卻又一臉無奈地輕嘆了一口氣。她將視線望向遠方，頃刻間，眼眸裡竟滿是悲傷。

「從前，在地底下，有一個碳族與硫族聯盟形成的王國，在那裡，有個快樂的小公主，在族人的愛戴之下長大，即使身處在一個悶熱而且高壓的地方，他們卻過得很快樂，與世隔絕而自給自足地生活著。」

「小公主永遠記得在加冕典禮那一天，父王在為她戴上后冠時，說起當年碳硫結盟的事情。原來碳族來自地表的植物，植物將陽光的恩典賜予了碳族，使得他們充滿了能量，而碳族將這樣的能量與硫族共享，共同建設了富裕的國家。只是好景不常，這個能量在高溫、高壓的環境下，轉化成了人類爭相開採的煤礦。這危及到了碳族的生命安全，所以，為了回報碳族無私地分享，硫族說好要誓死捍衛碳族，以維護王國的安全。而我，就是那位硫族的小公主。」

「有一天，堅硬的石壁硬生生地被鑿開一個大洞，鋼鐵製的怪獸肆意地掠奪，擄掠了我的族人們。我們根本就不是那怪獸的對手，只能任

牠摧殘家園。接著我也被牠吞進了血盆大口裡，到了一個滿是火光的地方。」

「那裡簡直就是個煉獄——到處都在燃燒，火光吞滅的不只有我的族人，還有很多來自其他各地的碳與硫，我可以聽到周邊不斷傳出他們的尖叫聲。」她的聲音顫抖著，手輕輕地觸碰著臉頰上的傷疤，彷彿那場大火依舊燃燒著。

「當那橘紅色的火焰吞噬我的身體時，渾身的痛楚似乎麻痺了恐懼，彷彿死亡即將降臨。我的眼前一黑，就暈厥了過去。」她停頓了一會，又說道：「當我再度張開眼睛時，身上多了三個氧，也就是現在這個樣子。」

女王斂起了眼眸裡的黯淡，破爛的披肩隨微風的吹拂而揚起，其端莊的姿態不僅優雅，更隱約透漏了一種堅定的立場。

「這就是我的故事。我花了很長一段時間尋找四散的族人，目的是不計任何代價，回到地表、回到故土，履行當初與碳族的約定，履行我身為王國女王的使命，就算將失去什麼，也在所不惜！」

07

米茲不知道應該說些什麼才好，他既為發生在三氧化硫女王身上的事感到抱歉，也不願水分子同胞們被酸化而成為環境污染的來源。

「雖然很同情女王您的遭遇，也很能理解您的心情，可是很抱歉，我不能讓環境因此受到危害，因為，把正義建立在會造成無辜的犧牲上，是不對的。」語畢，小西沉默了一會兒，抬起頭時一臉堅定。

此時的氣氛十分緊張，米茲在聽完雙方各持己見的對話後，胸口忽然傳來一股灼熱感，他不知道那是源自於何處，但認為這個感覺促使著他必須做出什麼來，於是米茲附在小西的耳邊說了幾句話，只見小西的瞳孔倏地放大。

「看來我們無法達成共識呢！我理解你們阻擋的理由，也對你們的正義感表示欽佩，但很抱歉，我們這邊是絕對不會讓步的。」女王斂起了溫和的臉色，頃刻間，眼神又變得銳利起來。她彈了一個響指，一旁的三氧化硫就再次把米茲和小西拎了起來。

「把他們倆先丟進雨雲裡吧，我們這邊還要準備一下。」

三氧化硫抓著米茲和小西，一步一步地靠近了不遠處的白霧，他先舉起了小西，正當他要把小西丟進雨雲的那一刻，米茲用力地咬了他一口，接著從三氧化硫的手裡掙脫，並飛快地衝向雨雲，在小西下墜之前把他彈開，自己卻落進了雨雲裡面。

小西還沒反應過來，眼睜睜地看著米茲快速地與周遭的水分子聚攏成水滴，朝向地表的方向離去。「怎麼辦？怎麼辦？」小西全身止不住顫抖，腦筋變得一片空白，他想起自自撞上翔時的回憶，那種什麼都無法改變，只能任由一切發生的感受再度湧上來。

接著，米茲剛剛把他彈開時的表情突然浮現在他的腦海裡，那是一個非常堅定的微笑。讓小西不由自主地握緊了拳頭，他告訴自己一定有什麼事情是可以做到的，不能總是停留在悲傷裡，任由悲傷麻痺自己，於是他看向了自自和由由，悄悄地放鬆了牽著他們的繩子，一臉堅定。不斷吠叫的牠們彷彿也讀懂了他的眼神，停下了咆哮，正準備衝向前的時候，旁邊突然傳出一個聲響。

「不好意思，請大家都先停下！我們找到可以兩全其美的解決辦法了！」就在小西再度要被丟進雨雲之際，丸丸突然衝出來大聲喊道。

08

米茲再度離開了同伴。

他努力地晃動身體，可是噴射出去的速度太快，一時之間無法停下，很快便放棄了掙扎。

這並不是第一次成為雨，卻是第一次覺得下墜的速度竟如此緩慢。不知道隔了多久，他與同行的其他水分子終於因為碰撞而被彈散，地面卻不如印象裡的堅硬，反而有種被包覆著的柔軟。

看著周圍無數的水分子正緩慢地浮沉，時而聚攏、時而分散，他才發現自己墜入了大海。

所有的水分子都知道，一旦進入大海，要再度回到空氣裡，會需要很長一段時間，用人類的時間單位來衡量，大約是兩千五百年，若一不小心落入深海，更幾乎是趨近於無限的長眠。

他又想起了分子爺爺說的話，難道寬廣的大海，就是所謂亂度最大的地方嗎？如果是那樣的話，明明抵達了終點，明明找到了不再變化的地方，為什麼卻沒有回到家的感覺？

此刻，米茲才發覺自己並不想要停止掙扎。他第一次不覺得到哪裡都無所謂、第一次出現不計一切代價也要去抗拒的感覺。就跟第一次做決定要跟著小西執行任務時一樣，彷彿只有在那瞬間，才可以感覺到自己真正地活著。

「我要回去找小西和丸丸。」那樣清晰的念頭在腦海裡浮現，他赫然意識到，原來所謂的歸屬並不必然是一個地方，而此刻他必須前往那不論是不是亂度最大的方向。

南方海岸的天空逐漸變得晴朗，傾瀉的陽光淺淺地照進了海水，伴隨海浪的氣泡，將接近海面的地方晒地暖洋洋。

09

不知過了多久，米茲漸漸陷入了絕望。

他多想搭上周圍氣體分子的氣泡便車，不費吹灰之力地上浮，可是相態並不是說變就變的，不論他再怎麼努力地往海面游動，總會被其他不斷翻騰的水分子們擠回水中。天性上能夠生成氫鍵，使得他與同類可以互相吸引而變得更加緊密，此時這個特性卻成了一道綑綁。

他覺得自己的身體越來越沉重，胸口莫名地炙熱難受，彷彿連保持清醒都變得費力，漸漸地他不再游動了，任由自己緩緩地下沉。

米茲可以看見水面的光離自己越來越遙遠，周遭原先翠綠的色澤也漸漸轉為幽深的湛藍。海面下的世界並不像他原以為的那樣熱鬧，起先看見的是水母，一張一合地律動著透明的身體，後來只有兩三隻色彩斑斕的魚偶爾經過，魚鰭擺動的水流使得米茲產生偏移。

就在他閉上雙眼，準備任由自己沉入深海的時候，卻被一陣強烈的水流給帶走，周遭一瞬間變得昏天暗地，還有一陣溫熱的氣息。

米茲不知道發生什麼事，也搞不清楚此刻是現實，還是自己早已暈厥

過去，只在心底用力地祈禱：「拜託，是誰都好，快帶我離開這裡，拜託了……」

突然間，不遠處先是出現了一絲亮白色的光，再慢慢地流瀉成一道開口，接著又是一陣水流經過，溫和地將米茲往開口處送去。在細碎的泡沫消弭而去後，米茲發現周遭再度變得翠綠，他回到接近海面的地方，轉過頭一看，原來那道水流是從一隻看起來相當年幼的海豚口中擠壓出來，此刻牠正擺晃著頭部，把海水攪動出不少氣泡。

「看來剛剛差點被你吞下肚了啊……但還是謝謝你把我送回來，雖然我還是回不到空氣裡。」米茲自顧自地說著，不由得沮喪起來。

像海豚這麼龐大的生物大概聽不到如此渺小的他說話吧？可是米茲總覺得牠的視線一直看向他，彷彿聽得見他說話，並不斷地擺晃著牠的頭。

「難道你有什麼話想對我說嗎？」米茲感到不可思議。牠翻了個圈，似乎是在回應米茲一般，接著又持續剛才的動作。

於是米茲很認真地看著牠，海豚擺晃的姿勢並不全然是左右搖擺，仔細一看，牠似乎很努力地挺直背脊，彷彿想把頭抵到背部。

米茲好像理解海豚想表達什麼了，即使他並不是百分之百地確定。

動物與分子可以溝通的機率是幾分之幾呢？儘管可能性微乎其微，他似乎也別無選擇了。米茲艱難地朝海豚游去，用盡最後一絲力氣攀附在牠背部接近頭部的孔洞上。

海豚輕輕地鳴叫一聲，堅定有力地擺動了尾巴，以極快的速度接近水面，米茲只能死命地攀附於孔洞的凹槽裡，幾乎要被其他水分子給撞落。當海豚躍出海面的時候，水花在陽光的照耀下閃閃發亮，牠有力的背部拱起，形成一個相當優美的弧度，暴露於空氣中的米茲第一次覺得原來世界如此美好。

在躍至最高點的時候，海豚又鳴叫了一聲，彷彿在與米茲道別一般，接著用力地由米茲攀附的孔洞將蓄積於肺部的氣體噴出，遠遠一看，就像是一道強勁的水柱。

10

將三氧化硫女王和她的族人們交給總部派來的後援後，丸丸不禁鬆了一口氣。在她聯絡總部的時候，總部透過竊聽裝備聽到了女王說的話，丸丸急中生智，想出了一個兩全其美的辦法。於是經過交涉，他們達成協議，由總部負責用其他管道將女王他們送回地面，避免形成酸雨，但在這之前，他們必須在總部接受盤問與訓誡處分。

「這樣事情算是告一段落了吧？」丸丸喃喃自語著，望著日落，她想起昨天與米茲相識時的場景，儘管還沒好好熟悉彼此，卻像是認識了許久一樣。

「是呀！總算是結束了呢！」小西往丸丸的視線方向看去，自顧自地回應了她的問題。

剛下過雨的天空十分晴朗，橙黃色的光把幾朵隨風移動的雲渲染成淡淡的粉色，可以看見夕陽在遠處正往地平線靠近，逐漸在海面上照耀出一道狹長的光束，隨著一波波穩定的海浪擺晃。

「那個……小西先生，這樣你就會加入我們外勤探員組了吧？」

「呃……哈哈哈對呀，畢竟實習也結束了呢！」

「不，我指的是參加過培訓、考試與真正的實習，光明正大地拿到執照後的那種加入喔！」丸丸轉過頭，笑吟吟地看著小西。

「妳早就已經知道我們不是來實習的嗎？什麼時候知道的？」小西詫異地問。

「從一開始就知道了喔！組織怎麼可能要你們跟著我這個菜鳥實習？後來趁你們不注意的時候，我調閱了資料，組織裡根本就沒有登記叫作米茲的人嘛！」丸丸一臉「你真是不會說謊」的表情回應。

辦事極度小心的她，在每一次展開調查前都會做足功課，包括接觸的組織人員的底細。

「那妳怎麼沒有拆穿我，也沒有向組織反應？」

「因為我覺得你們不是壞人。就……就當作是身為一名探員的直覺吧！」

小西的檔案裡，有一份報告書引起她的注意，那是一起在他小時候曾發生的過失傷害事件。丸丸說不上為什麼，也許是因為這樣的過去，讓她認為小西應該需要某個改變的契機。他們都是否定自身存在的分子，她彷彿在小西的過去裡看見自己的影子，所以選擇相信他。

「而且，其實我覺得你還滿果斷的，好像天生很適合這個行業。雖然剛剛和米茲先生衝出去的莽撞差點把我給嚇死，不過也多虧了你，我才有聯絡總部的機會。」頓了一下，丸丸又說道：「說到米茲先生，他真的十分勇敢呢！只可惜還來不及好好感謝他，他就已經回到地面去了，不知道他現在怎麼樣了。」

小西本來炯炯有神的雙眼，在聽到米茲後漸漸黯淡了下來。

「你知道米茲離開前跟我說了什麼嗎？」

「那時情況那麼緊張，你們還有時間說話呀？」丸丸詫異地問。

「他要我答應他，一定要帶妳一起成功逃跑。他還要我告訴妳，不要總是對他人感到抱歉，因為妳是個很好的分子，要多相信自己一點

點。」

丸丸突然語塞，有那麼一瞬間，她覺得自己彷彿是赤裸的，低頭看著身下的蓬蓬裙，那是當初在情報處訓練時的前輩姊姊送給她的。丸丸永遠記得前輩把裙子遞給她時說的話：

「我們做為提供情報的人員，最重要的就是無聲無息、不被察覺。可是丸丸妳知道嗎？一個真正的情報人員並不會小心翼翼地抹去自己的存在感，因為一旦刻意，反而就容易被發現了。我們真正要做的是，不卑不亢地走進那些生活裡，既不委屈自己，也不高調張揚，就像這件裙子一樣。」那時丸丸對前輩姊姊說的話似懂非懂，只是努力地想使自己變得更加「透明」。但僅相識一天的米茲，卻也說了類似的話，是不是因為她的偽裝技巧太刻意了呢？

「他真的很笨，為什麼不先跟我商量一下？明明還有其他辦法的，難道就一定要自己亂來嗎？」此刻小西才發現，米茲對他而言，似乎已經比萍水相逢的陌生人還多靠近了那麼一些，彷彿只要再多相處一點，就能找回那種熟悉的感覺——朋友的感覺。

他幾乎快要忘記自己原來這麼需要朋友，是米茲帶領他再度嘗試依賴他人。在談及傷害以前，是不是有更重要的東西讓人願意跨越恐懼，願意為其冒險呢？

他們兩人不再說話，只是靜靜地看著昏黃的光線在雲朵上的變化，偶爾有幾隻海鷗從他們身下飛越，再漸漸地往地平線遠去，成為渺小的黑點。

「喂！在發什麼呆呢？」

「做什麼啦！丸……」小西突然被撞了一下，引得自自和由由開始亂竄，他正要開口大罵，抬起頭來卻發現撞他的人並不是丸丸。

米茲正笑吟吟地看著小西，在他身後的海鷗叫了一聲。原來米茲被海豚送到空氣後，就毫不停滯地不斷向高空處爬升，途中遇到了正在飛行的海鷗，便攀附在牠頭側的羽毛，搭了趟便車。海鷗叫了幾聲，很快地朝向剛才離去的海鷗群的方向飛去，大概是牠們的同伴吧！

11

「快一點啦！小西，你這樣會害我們遲到的。」

「有什麼關係，遲到就遲到吧，反正丸丸也不會生氣。」

米茲用力地推著小西的背，試圖增加兩個人的速度，而小西只是手插著口袋，一臉無所謂的樣子，自自和由由一如往常般有精神，跟在他們倆身後不斷追逐。

「你不要欺負丸丸喔！誰說她不會生氣的，她只是脾氣太好，不跟你計較而已。你再不快一點，我就要把你昨天撞到灰塵的蠢樣跟她講。」

小西昨天在障礙飛行訓練時，因為轉身嘲笑米茲速度太慢，結果不偏不倚撞進一團毛球灰塵，卡在裡面動彈不得，最後是醫護官花了一下午的時間，慢慢地鋸斷纖維，才把他救出來。想到這裡，米茲就忍不住哈哈大笑。

「你⋯⋯你不要多事，還不是因為你飛那麼慢！」小西不禁漲紅了臉，不得已地加快腳步。大太陽底下，他的額頭彷彿能反射陽光。自從剪去濃密的瀏海後，米茲就常常笑他的額頭非常光亮，戴著鴨舌帽

的樣子簡直就像是怕別人看見他禿頭一樣。

到了指定地點以後，丸丸果不其然已經在那裡等著，連身的褲裝與高高的髮髻給人一種冷豔的感覺，嚇了米茲和小西一大跳。

「丸丸，妳今天穿得好不一樣啊！」米茲湊到丸丸身邊，繞來繞去地打量著。

「哈哈哈，對呀，畢竟是特別的日子嘛！會不會很不適合我？」丸丸有些難為情地問道。其實她早就想要嘗試這樣的風格，今天好不容易鼓起勇氣，用他們倆的實習日當作藉口。

「就……還可以吧！」小西別過頭，手依舊插在口袋小聲地說。

「那就好。我還怕自己穿這樣太奇怪呢！」看見小西略為泛紅的耳根，丸丸不禁輕笑出聲。

「好啦！回到正題，你們今天準備好了吧？即便是你們兩個，我也還是不會放水的喔！因為這次可是真正的實習呢！」時隔三年，丸丸終

於脫離菜鳥外勤的身分，也不再像以前那樣，總擔心自己會不會在哪裡出錯了。

「當然準備好了，對吧，小西？」

「嗯！當然，都準備三年了呢！」小西摩擦著手掌，露出頗富自信的微笑。

「那麼，我們就出發了喔！」

午後的陽光相當刺眼，彷彿可以看見熱流使得周遭環境略為變形的景象，此時誰也不會知道，高空中正有三個截然不同的分子，正無視氣流的流動方向、無視亂度變動的方向，堅定地朝同一個方向飛去。

後記

很謝謝看到這裡的每一個你，由衷地感謝。

敲打著鍵盤、寫著後記的此刻，似乎正進行著一件相當有儀式感的事情。在此之前，我仍不斷地刪改散落的書稿、反覆斟酌文字的碎片，設法令眼前的字句能更貼近那些在腦海中浮沉的一切。可是在完成這篇後記之後，似乎一切就已塵埃落定了——這是一本書的完成，也是人生前二十歲的完成。

是呀，我完成了這樣一個夢想，連自己都覺得不可思議，在寫作這條路上，從來沒有想過能走多遠，就只是毫無顧忌地向前走。我還記得在高中二年級時的國慶連假，因為一時興起，開設了「默雨清晨」這個帳號，從此以阿晨的身分執筆，自顧自地寫下世界映在自己眼底的樣子，卻何其幸運地被你們看見。

太早迎來這樣的美好，有時也會因此感到恐懼，對我而言，此後的路還是一片迷途，不知道在未來應該把自己打理成什麼樣子，才能應對

那些偶爾復發的乾咳、尚未適應的天氣，更惶恐找不到前行的方向，於是越是接近成書的此刻，越是覺得難以從躲在期待背後那日益強烈的慌張感中逃離。

只是呀，就如同書裡所說的，迷路的過程也可以被賦予意義的。一直以來，我們不也是懷揣著各自的幸福與遺憾，跌跌撞撞地走到如今的自己嗎？所以必須一再地練習，練習即使找不著方向也不緩不急，練習讓每個途徑都具有某種程度的意義。撕下的日曆紙並不能再度黏貼，從指縫流去的分秒也不容許任何倒帶刪減，於是日子不能像書稿一樣修修改改，只能用力地走好每一刻、用力地完整每一次的相遇與別離。

謝謝出版社團隊，謝謝支持我的家人與朋友，謝謝國中與高中的國文老師，謝謝因為手寫文字而與我交會的每一個你。能夠持之以恆地持續創作，除了是興趣使然，同時也有一部分的原因是不想讓在某處期待的誰失望。雖然這麼說也許有些自以為是，可是如果真的可以因為一段文字，恰巧熨貼某個人在某個時刻的心情，那真的是太榮幸、太榮幸的事情。

在感到匱乏的時候、在忙到不可開交的時候、在害怕動機不再純粹如初的時候，都依然渴望寫出一些什麼。彷彿只要步履不停，就能迎來新的早晨。

向前探看再探看，回過頭來時，就能對走了如此長遠的自己驕傲著。

也許我們會在下一本書相見，也許不會，但是不論如何，都願你能變成想要成為的樣子，而歸來時仍能保有初時的心，那並不是件容易的事情，但是我們可以一起努力。

「寫我的字，等你的清晨。」

我的自介欄位擺放的一句話是這麼寫的，同時也是我寫這本書的其中一個原因——想與你們分享我看見清晨的方法，儘管我也還在練習，可是我們可不可以都不要放棄？不要放棄去相信世界裡依然存有溫暖，而溫暖就是你。

國家圖書館出版品預行編目資料

寫我的字，等你的清晨 / 默雨清晨著. -- 初版. -- 臺北市：圓神，2020.09
　　224 面；14.8×20.8公分 -- （圓神文叢；279）

　　ISBN 978-986-133-726-5（平裝）

863.55　　　　　　　　　　　　　　　　　109009667

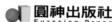

www.booklife.com.tw　　　　　　　　　　reader@mail.eurasian.com.tw

圓神文叢 279

寫我的字，等你的清晨

作　　　者／默雨清晨
內頁插畫／謝鎮澤
發 行 人／簡志忠
出 版 者／圓神出版社有限公司
地　　　址／台北市南京東路四段50號6樓之1
電　　　話／（02）2579-6600 · 2579-8800 · 2570-3939
傳　　　真／（02）2579-0338 · 2577-3220 · 2570-3636
總 編 輯／陳秋月
主　　　編／吳靜怡
專案企畫／沈蕙婷
責任編輯／歐玟秀
校　　　對／歐玟秀 · 林振宏
美術編輯／林雅錚
行銷企畫／詹怡慧 · 朱智琳
印務統籌／劉鳳剛 · 高榮祥
監　　　印／高榮祥
排　　　版／莊寶鈴
經 銷 商／叩應股份有限公司
郵撥帳號／18707239
法律顧問／圓神出版事業機構法律顧問　蕭雄淋律師
印　　　刷／國碩印前科技股份有限公司
2020 年 9 月　初版

定價 360 元　　　　ISBN 978-986-133-726-5